Colmeia

Contos de Samsara

9

Organização: Michele Fernandes
Porto Alegre, 2024

Alerta de conteúdo sensível:

Informamos que alguns contos deste exemplar
exploram temas que podem causar desconforto,
como estupro, assassinato e suicídio.

Editora:
Michele Fernandes

Diagramação:
Michele Fernandes

Consultora literária:
Milena Maria Testa

Imagem da capa:
Filipo Brazilliano

Revisão:
Monique Bonomini
Michele Fernandes

Parceria:
Coletivo Escreviventes

Dados Internacionais de Catalogação na Publicação (CIP)
(Câmara Brasileira do Livro, SP, Brasil)

Colmeia / organização Michele Fernandes. --
Porto Alegre, RS : Ed. dos Autores, 2024. --
(Coleção contos de Samsara ; 9)

Vários autores.
ISBN 978-65-01-13296-9

1. Contos brasileiros - Coletâneas I. Fernandes,
Michele. II. Série.

24-224395
CDD-B869.308

Índices para catálogo sistemático:

1. Contos : Antologia : Literatura brasileira
B869.308

Tábata Alves da Silva - Bibliotecária - CRB-8/9253

Sumário

TRAMA

Milena Maria Testa

"... Logo cedo, ela semeou os grãos nas valas profundas que tinham sido rasgadas com as garras da madrugada.

Algumas sementes lhe escapavam, mas eram recolhidas pelas que percorriam o caminho do seu rastro, devotadas à missão para elas destinada numa aurora envolta no véu do tempo.

À medida que a luz se alçava rumo ao zênite, os brotos se alongavam até se tornarem um grupo etéreo de partes douradas que oscilava conforme a brisa ou a ventania.

Pouco a pouco, a dança dos louros elementos enfileirados foi anunciando o momento de serem eles submetidos ao preparo para a metamorfose final. Então as mesmas criaturas que apararam as sobras da semeadura colheram as hastes, cuidaram delas tanto quanto se as crias suas fossem, até que o fruto do trabalho se fizesse delicado o suficiente para o caimento necessário à trama.

E fiaram

e teceram

e cortaram

e coseram

como se aquelas vestes fossem asas para a rainha de uma colmeia.

E eram. Porque ela trocou de casca na última noite da estação, assim lhe cabendo a nova estrutura. E na madrugada rasgou outros canteiros."

Ela fechou o livro, deu o boa-noite e beijou a testa da filha, que a interrompeu com a mãozinha na cicatriz das suas costas:

— Mamãe, quando crescer, eu vou cuidar daquela rainha, nunca mais ela vai ter que cavar a terra com as próprias mãos, e não vou deixar ela ficar sozinha até trocar de casca.

Então a mãe sorriu, beijou a menina novamente, arrumou o lençol, apagou a luz e saiu sem fazer ruído.

Na sala, cobriu as pernas venosas e as mãos de unhas inexistentes da mãe adormecida, conduziu a cadeira de rodas até o quarto, pegou a anciã no colo e depositou seus ossos no leito, sem desmanchar a pele de seda puída. Depois suspirou, beijou os cabelos grisalhos da senhora e saiu fechando a porta atrás de si sem bater.

De volta à sala, pela janela do oitavo andar do prédio popular, vê as luzes da cidade. Aperta os olhos mirando o céu de estrelas ofuscadas. Quem sabe, oferecendo as costas aos raios da nova manhã, da sua ferida não nasçam novas asas? Ela as manterá camufladas até a madrugada seguinte, quando vai ignorar os faróis, as lâmpadas dos postes e das janelas sem fim, arrancará as grades que protegem a criança e a anciã de uma fatalidade e levantará voo para se vestir da liberdade do infinito.

Entretanto, quando o dia nascer, sabe que seguirá para a central, onde dezenas de outras realizam a tarefa cotidiana de ligar desejos e pensamentos expressos por muitas bocas a tantos ouvidos quantos os possam engolir, durante horas, sentadas diante das máquinas que transmitem sinais invisíveis pela imensa rede de cabos espalhada pela cidade, pelo estado, pelo país e dali para o mundo. Quem lhe salvará um sonho que venha a escapar?

Sobre a Autora

MILENA MARIA TESTA é pós-graduada em Letras e faz leitura crítica. Prosadora e poeta, foi classificada no Prêmio Carolina Maria de Jesus e publicou: "Cúmplices Insones de Noites Insanas", "O Coronel e o Mensageiro do Coronavírus" e "Sob a Pele de Maria".

Siga a autora no Instagram:
https://instagram.com/milmarias.escritora?igshid=NzMyMjgxZ WIzNw==

CANÇÃO ÉBRIA

Anderson Costa

A colmeia tomou o mamoeiro no final de abril e fez dele seu domínio. Sua nuvem escura zumbia pragas sobre o pórtico da entrada numa voz monótona da qual eu gostava de adivinhar palavras sussurradas.

"Escute, João, as abelhas estão zangadas."

Meu irmão mais velho não via o mundo com o mesmo encanto e me mandava calar a boca e procurar fazer a tarefa da escola Djalma Batista, onde passamos a estudar de manhã, depois que mudamos de casa. Seu único acesso era atravessando uma mata por trás do bairro novo, uma floresta de eucaliptos. A mãe ficou preocupada porque a escola dividia o muro com o hospício Eugene Minkowsky, chefiado pelo Doutor Benedito Barbosa, famoso na época. Mas não viu saída em mandar os dois filhos sozinhos para lá. Ainda mais agora que havia conseguido trabalho em uma creche municipal.

O mundo apenas ameaçava se expandir, e eu tentando entender a canção das abelhas, que juro, aos meus ouvidos, mudavam de entonação e assumiam novos caminhos sonoros. A minha cabeça explodia de tantas perguntas. Eu queria saber sobre os doentes mentais. Eu e todos os meninos que, às vezes, ouviam gritos vindos do outro lado do muro. Nossas mentes não atinavam para o fato de como a loucura poderia tomar um corpo, subjugá-lo como a colmeia tomou o mamoeiro. Um dia, apareceu uma gata malhada no nosso quintal, grávida, um barrigão enorme. Eu a escondi e a alimentava. Quando os filhotes nasceram, eu os coloquei dentro de uma caixa no fundo do quintal, perto do tanque. A gata e as abelhas eram o meu reino.

Na volta da escola para casa, me perdi do meu irmão. Ele tinha apenas onze anos, mas para mim era um gigante que sempre estava lá para me proteger e me guiar. Sem ele, eu não conseguia achar o caminho e comecei a chorar diante do delicado movimento dos eucaliptos.

"O que foi menino, está perdido?"

Era uma voz pequena, cheia de gentileza. Eu fiz que sim com a cabeça. Ele estava todo vestido de branco e, na mão direita, carregava um instrumento parecido com uma flauta. Disse, afinal:

"Meu nome é Adriel e vou te levar para fora da floresta."

Não era mais do que um jovem. Eu não tive medo e quis saber sobre a flauta. Ele me disse que era capaz de ouvir o som da natureza, das árvores, dos rios e dos pássaros.

"E de abelhas?" perguntei apressado.

Ele sorriu, começou a tocar o instrumento. Um som triste, melódico. Disse que era a voz dos eucaliptos. Que aquelas árvores sabiam estar com os dias contados.

Quando me dei conta, já estava fora da floresta, e o caminho de casa era visível novamente. Antes de sumir entre a vegetação, ele se voltou e afirmou:

"Sinto muito pelos gatinhos."

Eu corri para casa de forma alucinada e me deparei com a cena mais estarrecedora que os meus olhos poderiam contemplar:

a gata havia mudado os gatos de lugar e os colocou debaixo de uma tábua de compensado perto do mamoeiro. As abelhas acabaram com eles.

Chorei tanto que não queria mais comer e nem ir para aula. Odiei aquelas abelhas assassinas. Minha mãe dizia que elas iriam embora cedo ou tarde, porque a natureza era assim. Pensei em atear fogo ao mamoeiro, mas ele se erguia próximo aos fios elétricos, então temi causar um incêndio e deixar o bairro sem energia. Mas não me saía da cabeça a imagem de Adriel e como era possível que soubesse sobre a morte dos filhotes. Meu irmão dizia que era um doido fugido do hospício.

João me disse que, junto a outros meninos, pulou o muro do hospício e foi em direção a uns gritos que se ouvia. Eram corredores brancos que lembravam um labirinto. Havia muitas grades com cadeado por todo o canto e nenhum vigia. Contou que os loucos andavam nus e babavam, alguns batiam na própria cabeça falando coisas sem sentido e olhando para o nada. Falou que lá também tinham crianças loucas e que eram amarradas e tomavam choque na cabeça. Essas imagens mais os corpos dos filhotes mortos me assombraram por semanas.

Mas Adriel não se parecia com nenhum louco, assemelhava-se mais com os anjos das histórias que eu lia nos livros. Mesmo assim, passei dias sem dormir com medo de ir para escola e encontrar os doidos que vagavam pela floresta. A gata malhada reapareceu no quintal, faminta. Parecia outra criatura, mais misteriosa e esquiva. Disse a ela tudo o que sentia e que lamentava o destino dos filhotes.

Houve um dia sem aula. Alguém tocou a campainha, fui ver. Era Adriel. Estava muito machucado, as roupas rasgadas e sangrando. Mal conseguia falar. Disse que não tinha muito tempo. Não quis explicar o que aconteceu. Eu me perguntava como ele sabia onde eu morava. Apenas falou:

"Você também consegue ouvir, eu sei."

E me deu a flauta. Disse que ele precisava partir para longe, que aquele mundo não lhe queria mais. Meu irmão não se levantou do sofá, pois acreditava que eu falava sozinho ou conversava com as abelhas, como sempre fazia.

Foi quando Adriel se dirigiu ao mamoeiro. Tentei gritar para que não fosse, mas a voz não saía da garganta. Ele chegou perto da colmeia, e o enxame começou a se alvoroçar com seus exércitos. Uma força que eu desconhecia se apoderara de mim e passara a retumbar no meu peito. O sol mudou de cor. Então pude ouvir com nitidez a canção marcial das abelhas.

Adriel sorriu para mim, parecia uma criança. E eu fechei os olhos, a canção tomou conta do ar. Eu não conseguia, não queria ver.

Sobre o Autor

ANDERSON COSTA nasceu em Manaus, e formou-se em letras e Direito pela Universidade Federal do Amazonas. Fez Pós-graduação em Literatura Brasileira Moderna e Pós-Moderna e é mestrando em Estudos Literários pela mesma instituição. Em 2022, foi um dos vencedores do prêmio Máquina de Contos, com o conto "A Noite de Ernesto". Em 2023, lançará a antologia "Catedral Submersa", pela editora Oito e Meio.

Siga o autor no Instagram:
https://www.instagram.com/anderson_ascosta/

ABELHA RAINHA

Sabrina Gottschlisch

O vapor do ferro de passar roupa atinge seu rosto. O suor que se acumula em sua testa forma uma gotícula que cai sobre a camisa branca que está passando.

— Inferno! Agora vou ter que lavar de novo.

— Não precisa, mãe...

— Te perguntei alguma coisa? É você que vai lavar? Então não se mete!

Sai pisando duro da sala onde a tábua de passar está sempre armada em direção à lavanderia, onde enfia com vontade a camisa em um balde onde outras roupas já repousam envolvidas por água sanitária.

O marido a observa passar e voltar da lavanderia, bufando e praguejando, mas, como sempre, não diz nada, continua sua obrigação de lavar a louça como um autômato.

Nesse momento, a filha mais velha chega com o marido.

— Mãe, a janta 'tá pronta?

— Claro que não, quantas você acha que eu sou? Estou a tarde toda passando a roupa de todo mundo.

A filha não responde, sabe como as coisas funcionam.

— Quer que eu vá adiantando algo?

— E desde quando você sabe cozinhar? Você já ajudaria muito tirando seu filho do videogame e fazendo ele tomar banho.

A filha obedece prontamente, mas não sem sair bufando e pisando duro exatamente como a mãe faz.

Enquanto a mãe grita ordens para o pai adiantar o jantar, o filho do meio continua assistindo seu futebol como se nada se passasse ao seu redor, agora acompanhado do cunhado.

— Bom, galera, amo vocês, mas a noite me chama.

— Vai sair de novo, Ricardo? — O tom de voz dela muda ao falar com o filho caçula, que, assim como os outros, já é um adulto, mas continua totalmente dependente da mãe.

— Sabe como é né, mãe, a mulherada não aguenta uma noite sem mim.

— Não vai jantar? Pelo menos vê se não bebe.

— Não esquenta, mãe, e não me espera acordada.

Ela se entristece pela ausência do filho mais amado, mas nada deixa transparecer, afinal, são todos um bando de inúteis, se não mandar em tudo, quem vai cuidar dessa família?

Deixa a tarefa das roupas de lado e vai terminar de preparar o jantar, não sem antes criticar tudo o que o marido fez, ao que ele nem se dá o trabalho de responder.

Quando sentam à mesa, cada um se serve e se instala em seu próprio mundo, o celular. Ela apenas observa. O neto já está de banho tomado e de pijama, irá dormir ali de novo, pois a mãe precisa acordar muito cedo no dia seguinte para a aula da pós-graduação, que faz aos sábados, precisa dormir bem. O pai, é incapaz de se responsabilizar pelo filho, uma noite que seja.

O filho do meio é o primeiro a terminar de comer e vai para o quarto. A maior decepção da mãe. Não conseguiu fazer uma faculdade, não se casou, e trabalha como técnico de TV a cabo desde que terminou o colégio, um emprego que não lhe dá condições de ter uma casa. Não que ele quisesse também.

Depois que todos terminam de comer, a filha tira a mesa, coloca o filho no colchão no quarto dos avós, que é sua cama na maior parte dos dias, e vai embora para o andar de cima, sua casa desde que se casou aos dezenove anos.

O pai volta para sua função primordial, lavar a louça.

A mãe toma um banho e, enfim, deita no sofá para descansar depois de mais um dia exaustivo. Fica zapeando os mais de 300 canais da televisão, instalados clandestinamente pelo filho do meio, a única coisa boa que ele fez na vida. Acaba adormecendo.

Alta madrugada, o telefone toca. É do hospital. Ricardo sofreu um acidente de carro, e ela precisa ir imediatamente para lá. No mesmo segundo, acorda o marido, os outros filhos, os pais, seu irmão e a família, que moram todos ao lado uns dos outros, em um terreno que ela comprou, com casas geminadas, e vão juntos.

Ao chegarem lá, a notícia é a pior. Todos se abraçam, algumas lágrimas escorrem. Ela fica um tempo parada, sentada, sozinha, como que absorvendo as palavras do médico. De repente, se levanta. Todos olham para ela, esperando sua reação. Sabem que ele era o preferido.

— Estão fazendo o que parados aí? Há muitas providências a tomar.

Essa é sua colmeia, e ela é a abelha-rainha.

SABRINA GOTTSCHLISCH, paulista, é feminista, historiadora, professora, mãe. Escreve desde 2020. Em 2021, teve textos selecionados no prêmio Off Flip e, em 2022, lançou o romance juvenil "Que Sorte a Minha", na Bienal de São Paulo. Em 2021, foi contemplada pelo ProAc/SP, através do qual lançou o romance "Através de Nós" em janeiro de 2023. Em abril do mesmo ano, lançou o livro de contos feministas "Eu gostaria de saber qual é a sensação de ser livre".

Siga a autora no Instagram:
https://www.instagram.com/sabrina_gottschlisch/

EU SOU MELIA

Monique Bonomini

— Papai, conta de novo a história do jardim?

— Mas, Melia, eu já te contei cem vezes! Está na hora de você contá-la para os seus amigos.

— Eu não tenho amigos, eles me chamam de louca.

— Quem diz isso?

— Não importa, eu não ligo...

Ela fecha os olhos e volta para a floresta, o vento ondula seus cabelos soltos. Ela nunca sentiu um cheiro como o deste lugar, então inspira fundo tentando reter os aromas todos. No fundo da garganta, seu paladar registra o sabor frutado do ar que ventila um céu que lhe parece de um azul inédito. Ela sempre volta aqui, numa busca cega que é interrompida ao abrir dos olhos.

— O melhor é que o senhor a poupasse, essas histórias a deixam muito excitada.

— Por favor, papai...

— Descanse, querida.

— Volto em alguns dias.

— Meu amor, você precisa lutar...

É a primeira vez que se sente acompanhada, mas andando nesta meia luz ela não enxerga bem, apenas sente olhos sobre si e ouve o farfalhar das folhas como se sussurrassem. É um burburinho intenso de que ela só capta fragmentos: "é ela sim", "shhh, ela está ouvindo", "não é ela", "é ela", "ela", "shhh".

— Papai, me fala do jardim...

— Você ouviu, isso não faz bem ao seu estado.

— Por favor... Eu vou melhorar, ninguém mais vai me chamar de louca.

— Você não é louca.

Já sabem há tempos que nada mais pode ser feito, todas as intervenções foram ineficazes, e, apesar do pesar ter impregnado a atmosfera, ela pensou que a vida não era menos fugaz agora do que sempre foi, o amanhã continuaria sendo uma ilusão para qualquer um, afinal.

— Por favor, papai...

— Meu amor, você precisa lutar...

— Como as dríades?

— Não, não como as dríades... Você precisa se recuperar.

Desta vez, não é um burburinho o que ouve, mas um chamado, vem com o vento, que se apresenta numa rajada assim que ela fecha os olhos: "volte para casa", "volte", "você está em casa". À sua frente, um freixo se perde céu adentro, quer tocá-lo, mas seus pés não se movem, não tem medo, mas algo a retém, não sabe o quê, e continua ouvindo: "venha", "estamos aqui", "volte para nós".

— Querida, volte para nós!

— Estou aqui, papai.

— Você dormiu por três dias, meu bem. Ele está certo, não posso mais deixar que você se entregue assim, chega de histórias.

— Mas, papai...

— Não se desgaste, olhe, te trouxe um presente, algo para você fazer acordada.

Instrumento intrigante o caleidoscópio, nada mais que um punhado de vidro colorido num tubo, projetando imagens nos espelhos presos na tampa. Ela passa horas distraída, admirando o indecifrável colorido. Tem certeza de ter visto um mesmo padrão se repetir, quando o vidro âmbar multifacetado se organiza em seis triângulos, formando um hexágono perfeito.

— Já faz tempo, papai, conta mais uma vez...

— Não posso, você tem ficado mais tempo acordada, olha, está até mais corada.

— Foi do passeio de ontem, queria ter ido mais longe.

— Aos poucos você vai, continue lutando...

Ela está cansada da prisão que seu corpo se tornou, só pensa em correr livremente, como fazia quando fugia das abelhas que teimavam em lhe perseguir, o que só não era mais curioso do que o fato de nunca terem lhe picado. Precisava ver aquela árvore mais de perto.

— Papai, me conta mais como era no jardim...

— Não posso, filha, não antes que você se recupere.

— Então me conta das abelhas.

— Não há mais abelhas, eu mesmo removi cada colmeia que encontrei desde a última vez.

— Papai... Não...

Está tudo tão escuro e quente e cheira a madeira. No corpo, o torpor é de quem tenta acordar depois de um longo período. Nas várias tentativas de abrir os olhos, supõe uma forma acima de si. Não entende se é sonho ou delírio, está tão quente, tão escuro. Consegue, enfim, abrir os olhos, esfrega o rosto e, com as mãos, apalpa algo no pescoço, um cordão, com um pingente que tenta decifrar pelo tato, quando o ergue percebe a mesma forma que viu balançar sobre si.

— Filha, filha, acorde, por favor.

— Estou aqui, papai.

— Me perdoe, minha filha... eu não queria que elas a atacassem de novo...

— Por favor, me conte do jardim mais uma vez, nem que seja a última...

— Fique comigo, filha!

Ela apenas sorri, tentando animá-lo e o instiga com os olhos, até que ele começa:

— Quando Zeus era o deus dos deuses, havia um lugar sagrado onde as árvores frutificavam pomos áureos, era o Jardim das Hespérides. Naquele tempo, os lagos eram habitados por náiades, os mares por ninfas e dos freixos nasciam dríades. O freixo era a grande árvore universal, suas raízes extensas e profundas conectavam a humanidade e ligavam o mundo dos vivos ao dos mortos, por isso, suas filhas dríades, eram as protetoras deste jardim, e atacavam com lanças pontudas quem ameaçasse a existência daquele solo sagrado. Elas trabalhavam juntas, sabiam que sua força estava na colaboração. Para se manterem vigorosas, alimentavam-se de um líquido espesso e adocicado, extraído das flores sagradas, que, além de ter propriedades curativas, durante o processo, produzia uma cera com que revestiam os ocos das árvores onde moravam, que eram sempre quentes e impermeáveis. Essa comunidade de guerreiras usava um único adorno, um pingente, da cor âmbar do seu alimento, era o símbolo do ventre onde foram incubadas em suas árvores mães, um alvéolo, como o de uma colmeia..."

Ao amanhecer, ela não estava no leito, as pantufas repousavam serenas e, sobre o travesseiro, um papel dobrado teimava em abrir com a brisa vinda da janela aberta, de onde a cortina de organza tremulando camuflava uma teresa.

"Papai, não fique triste, fui para casa. Não esqueça, eu sou Melia, dríade do freixo, árvore da durabilidade e firmeza, irmã de Ide, Adrasteia, Amalteia, Adamanteia, Kinosoure, Helike e Melisse. À sombra dele, o senhor sempre poderá me ouvir, apenas deixe que as abelhas voltem e construam suas colmeias. No zumbido delas, estará a minha voz."

MONIQUE BONOMINI, de São Paulo, atua com leitura crítica e revisão. É autora e apresentadora do podcast literário, Abismos para evitar ruínas, no Spotify e tem textos publicados em coletâneas, zines, revistas digitais e portais pela internet. É integrante e uma das coordenadoras do Coletivo Escreviventes e ainda compõe o Coletivo Ruído Rosa e o Clube de Ficcionistas.

Siga a autora no Instagram:
https://www.instagram.com/moniquebonomini/

ENXAME

Maria Teresa Fornaciari

Por mais que gritassem, eu não ouvia. Devia estar exausta depois de todo sofrimento, de tanta violência; tinha voltado para casa procurando consolo, como sempre. Alguns pés de mandioca tombados, secos, não havia mais nada ali. O vizinho só devia passar vez ou outra para abrir um pouco as janelas, casa fechada era antro de ratos, de vespeiros até embaixo da mesa da cozinha, de abelhas que alimentavam o sonho de ampliar seus domínios naquela terra farta de ruínas. Alguém me chamava? Ao longe alguém me chamava, sim, e o açúcar derramado sobre a toalha de crochê atraía os insetos; já não havia laranjas no pé, nem mangas, apenas caroços secos devorados pelos passarinhos, eles sabiam o momento de servir-se da fruta madura dulcíssima, no ponto, mas também não havia passarinhos, apenas ratos escondidos e vespas e abelhas voando na cozinha, fascinadas pela curiosidade e por algum naco de cana de açúcar mastigado sobre a pia. Alguém me chamava com música à capela, tantas vezes tinha ouvido música assim nas apresentações das orquestras mundo afora, ouvia meu nome meio transparente entrando ali, pulando de partituras e flutuando à minha frente; se tivesse ficado, também teria sido presa com meu homem. A dor crescia, fechei a porta, mas ainda assim via gente de outros mundos entrando e saindo, ainda que houvesse apenas o barulho do nada. Eu suava, minhas mãos tremiam mandando todo mundo embora e espantando as abelhas que ficavam maiores aos poucos, olhando-me com seus vários olhos como que me censurando por estar ali numa espécie de fuga. Não devia tê-lo abandonado, será que era a voz dele que eu ouvia ou das pessoas sofrendo com choques nas orelhas, nas genitálias, alguém me chamava e minhas mãos tremiam. Um velho bem ferido apareceu de repente e sussurrou, cheio de medo e de cicatrizes, que chegou ao Hades algemado ao próprio filho, que tinham sido açoitados bem na entrada, no pátio aberto; o coração do pai se despedaçou e implorou que o matassem, que libertassem o filho com cheiro de urina, impossível controlar a bexiga enquanto o açoite flagelava. Voz inaudível, o velho com dedos manchados de sangue foi enrolando a toalha da mesa espantando as abelhas prontas para injetar mais veneno em suas mãos desfeitas de tanto apanhar junto com o filho, até as algemas se partirem e seu menino ser levado para o pau de arara e ele, sem roupa alguma, para a cadeira do dragão. A toalha foi dando voltas nos dedos esqueléticos e o velho, enrolado em fios elétricos, aprisionou berros ensurdecedores para que o filho ao lado, no pau de arara, não o ouvisse uivar até morrer. Alguém me chamava, seria o velho, seria o filho dele, seria meu homem numa cela fedida da prisão? Ou seriam os zumbidos das abelhas batendo freneticamente as asas e saindo pela janela da cozinha; provavelmente desistiram de seu trabalho diário de colher e ferroar, incrédulas com o berreiro silente do velho, atônitas com a dor pavorosa mais intensa que a de seu ferrão e já pensando sobre o que dizer para justificar à abelha-rainha da colmeia o trabalho não realizado naquele dia. Sempre há pontos positivos, mesmo nas tragédias: fossem as vespas, o velho continuaria a ser açoitado por um ferrão atrás do outro: marimbondos picam sem compaixão e seguem picando e picando, diferente das abelhas que só picam quando ameaçadas e morrem em seguida. De remorso.

Sobre a Autora

MARIA TERESA HELLMEISTER FORNACIARI nasceu em São Paulo, em 1954. Mestre em Língua Portuguesa pela na PUCSP, escreveu "Tambores e Violinos", "Encontros e Des-Encontros", "Avesso Sentido" e "Coisas que não importam". Professora durante mais de 30 anos em Universidades e Escolas de Ensino Médio, agora ministra Oficinas Literárias para crianças e adolescentes. Recebeu prêmios em concursos literários e também a indicação para o Jabuti, em 2016, de seu livro de contos "Avesso Sentido".

Siga a autora no Instagram:
https://www.instagram.com/mtfornaciari/

REGINA

Cecília Rogers

Nove irmãs órfãs. Cinco delas tinham pai desaparecido no mundo. A mãe já tinha cinco meninas quando se acasalou de novo. Eu sou Regina, a mais nova da primeira fornada. O pai sumiu no mundo. Não pagou as dívidas que tinha com os homens. Estava jurado de morte. Nunca mais soubemos dele. Se estava vivo, ou se estava morto, não deixou rastro. Ficamos sem o amparo da força do machado.

Aí a luta foi grande para a mãe. Passamos fome, sede e frio. Tivemos que pegar na enxada. Éramos meninas ainda, não dávamos conta. Toda hora uma adoecia.

Até que um dia apareceu um viajante na porta. Pediu abrigo. Estava cansado de andar sozinho. Era grande e forte. Era bonito também. Vimos a mãe se encantar. Acolheu ele na cama, nas nossas vidas. Enroscou ele com mel. Zaqueu gostou dela. Gostou da gente também. Gostou muito da gente.

Suas meninas, ele dizia.

Embarrigou a mãe mais cinco vezes. Quatro meninas nasceram.

A cada gravidez, Zaqueu deixava a mãe de lado, queria uma de nós para abusar. A primeira foi Alina, a mais velha. Ele chegou sem ninguém esperar, com a faca na mão. Se alguém gritasse, ele mostrava a lâmina afiada. Depois batia.

A mãe calada, abatida pelo desamor. Dependia agora do braço forte de Zaqueu.

Será que sabe da nossa dor?, eu pensava.

Tínhamos medo de falar.

E assim, a cada nova barriga, as irmãs eram violadas. Às vezes, fetos eram desfeitos nas ervas. Ninguém queria que nascessem.

A revolta crescia em mim. Em minha pele ferrões iam brotando. Comecei a sentir o gosto de mel. Pensava na vingança. Soprei zumbidos nos ouvidos das irmãs,

somos mais do que ele.

A quinta barriga da mãe, era a minha vez de sentir a lâmina. Quando Zaqueu chegou e se deitou sobre mim, as irmãs vieram. Ferrões certeiros atingiram sua garganta.

A mãe morreu no parto. A criança, dessa vez um menino, morreu também.

Nove abelhas deixaram a colmeia em busca de um recomeço. Eu era agora a rainha-mãe.

Sobre a Autora

CECÍLIA ROGERS nasceu em 11/01/59, em Niterói no Rio de Janeiro, onde reside. É mãe, avó, escritora. Engenheira por formação, fez Letras e é Mestra em Literatura Portuguesa e Africana (UFF). Acredita na força da literatura como via de denúncia e transformação. Acredita na força do coletivo de mulheres como via de fortalecimento. De essência poética, Cecília tem 4 livros de poesia publicados, além de 2 contos no gênero do insólito em e-book. Também publicou em antologias e revistas digitais. Em 2022, teve um poema premiado no concurso Carvalho Jr. do Maranhão e outro finalista no Prêmio Off Flip. Expandindo-se agora pela prosa, seu primeiro romance nasce pela Mondru Editora, em 2023.

Siga a autora no Instagram:
https://www.instagram.com/ceciliarogers.poeta/

A BATALHA DO VALE FLORIDO

David Ehrlich

Em silêncio e com seus ferrões a postos, as abelhas da colmeia observaram aquela grande nuvem escura se aproximar.

— É chegada a hora... — a rainha disse ao saber da notícia, reflexiva.

Desde que fundou sua colmeia naquele pequeno vale florido, ela sabia que cedo ou tarde seu domínio sobre o local seria contestado. Era um campo bom e rico, e, naquele momento de seca, ela não podia se dar ao luxo de compartilhar qualquer néctar com outras colônias. Era, porém, ainda uma rainha jovem, tinha poucas filhas para defender o território. Vencendo ou perdendo, a maior prova de seu reinado estava por vir.

A colônia que se aproximava tivera sua colmeia recentemente destruída por uma criança. Precisavam daquelas flores para se reerguerem. E fariam de tudo para isso.

Mesmo em número maior, simplesmente invadir uma colmeia alheia era arriscado demais, até porque levavam sua rainha consigo: uma única inimiga que conseguisse ferroá-la, e seria o fim. Posicionaram-se então nas plantas próximas e cercaram completamente a colônia. Se alguma abelha ousasse sair, seria morta na hora.

Não contavam, porém, que duas abelhas já haviam saído antes mesmo de elas chegarem. Uma voou até a colmeia de uma irmã da rainha, informando sobre sua situação. Quando esta soube do que ocorria, enviou centenas de suas melhores abelhas para ajudar.

Chegaram bem no momento em que as invasoras já davam sua vitória como certa. Aquilo era para elas um problema: ainda tinham maior número, o que lhes dava mais chances de ganharem, mas a luta começava a dar sinais de que seria custosa demais.

As invasoras e as abelhas da irmã da rainha estavam prestes a se enfrentarem quando uma única abelha voou entre elas e parou no ar, zumbindo desesperadamente.

— Parem, parem! Estive tentando encontrar a colmeia de outra das irmãs de minha rainha, mas encontrei algo pior: há vespas vindo! Há vespas vindo!

Aquilo fez todas as abelhas pararem. As enormes vespas eram inimigas naturais de todas as abelhas, independentemente da espécie ou colônia. Se vinham justamente naquele momento, é porque sabiam do confronto que ameaçava se formar, e que o grande número esperado de casualidades deixaria o vale florido relativamente desprotegido.

— Se lutarmos agora, não importa quem ganhe, não conseguirá derrotar um grande número de vespas — disse a rainha da colônia invasora, mais consigo mesma do que com suas abelhas ou as inimigas — O que fazer...?

Então, em uma atitude inédita para abelhas, a rainha da colmeia saiu, zumbindo para aquela que era até então sua inimiga:

— Creio... Que devemos suspender nossas queixas em face dessa ameaça maior.

Sem compreenderem inteiramente o que faziam, as outras abelhas concordaram, e organizaram suas forças, escondendo-se nos dois lados do corredor de plantas que era a principal passagem para o vale, em cuja entrada encontrava-se a colmeia.

Logo as vespas chegaram, uma nuvem ainda maior e ainda mais escura que a das abelhas invasoras. Toda abelha as temia: além de maiores, podiam ferroá-las várias vezes, enquanto elas morriam ao usarem seus próprios ferrões. Eram suas predadoras naturais, uma única vespa seria capaz de matar várias abelhas antes de morrer.

O único jeito de derrotar tamanho enxame, seria pegá-lo de surpresa. Assim que as vespas avistaram a colmeia e suas poucas defensoras, deram a batalha por terminada, só precisariam acabar com algumas abelhas exaustas. Aproximaram-se mais, e mais, e mais, até que, já quase na colmeia, abelhas surgiram de ambos os lados, cercando as vespas e atacando-as.

— Mordam elas! Só as ferroem em último caso! — gritou a rainha invasora, cujo pequeno cérebro começava a entender aquele conceito de estratégia. Tanto suas abelhas quanto as que até então eram suas inimigas, fizeram o que ela dizia, agarrando-se às vespas e arrancando suas patas, asas e, por fim, cabeças. Apenas quando não havia outra opção usavam seus ferrões, em sacrifício à colônia.

As vespas, pegas de surpresa, não entendiam o que ocorria. Não conseguiam compreender aquele conceito de estratégia, sequer a aliança entre as abelhas. A confusão, porém, as deixava mais agressivas, e a batalha logo evoluiu para o caos generalizado, um corpo a corpo entre aquelas duas espécies lutando pela sobrevivência.

Contra todas as expectativas, as abelhas estavam ganhando. As vespas ficaram desesperadas, porém não eram capazes de entender o conceito de retirada. Continuaram, assim, avançando contra a colmeia, até que as últimas delas enfim a alcançaram. Aquilo era uma tragédia: uma única vespa que entrasse sempre causava uma grande destruição. Se mais delas entrassem, era quase certo que conseguiriam avançar até matar a rainha.

Foi então que a rainha da colmeia teve nova ideia:

— Destruam a entrada! — Ordenou, e suas filhas, sem entenderem o que ela pretendia, obedeceram. Rapidamente, enquanto as vespas entravam uma a uma, roeram a cera da entrada da colmeia, e as abelhas que estiveram lutando do lado de fora logo vieram ajudá-las. De repente, um grande naco de cera caiu, esmagando metade das vespas, e logo em seguida um grande fluxo de mel caiu sobre as outras, afogando-as.

Nenhuma abelha celebrou a vitória. Abelhas nunca celebram vitórias. Porém, estavam reflexivas. Unidas, evitaram a destruição mútua. Pensando, conseguiram derrotar as vespas. Pensavam a respeito disso. E pensavam, e pensavam...

***

— Você viu o que eu vi?! — Um dos biólogos perguntou.

— Nunca vi abelhas se comportarem assim. — O outro respondeu: — Pareciam quase humanas! A forma como resolveram suas desavenças em face de um inimigo comum, e como entraram em formação dos lados da colmeia de forma a atrair as vespas...

— Será que é uma nova evolução?

— É possível, é possível...

34

Ambos os biólogos pensaram um tempo em silêncio.

— Acha que elas conseguiriam ensinar outras abelhas a agir assim?

— Talvez...

— E que essas outras abelhas se uniriam a elas?

— Não é improvável...

— E se milhares de colônias se unirem em uma grande confederação de colmeias, do que elas seriam capazes? O que mais seriam capazes de derrotar além de vespas?

O biólogo não ousou responder.

DAVID EHRLICH é natural da cidade de Detmold, Alemanha, onde passou os primeiros dois anos de vida. Suas experiências mais importantes, porém, foram colhidas em Curitiba-PR, onde mora. Formado em Jornalismo e especializado em Narrativas Visuais, é fascinado pelo fantástico mundo das artes, e em especial a literatura, em que sente maior liberdade. Desde bem pequeno ganhou enorme paixão pela leitura e pelo cinema, e começou a se arriscar na criação de histórias, tendo certeza de que queria ser escritor.

Siga o autor no Instagram:
https://www.instagram.com/davidehrlichbrasil/

O MELAÇO DE CANA PINGANDO

Laís Vilela

Sempre precisei lavar as mãos logo após às 9:30h. O guardanapo nunca é suficiente. Gosto bastante de suspirar para indicar o quanto me sinto desconfortável com o ritmo obrigatório a ser seguido. Não quero olhar para o lado, não faz diferença. O curioso é que eu prefiro mastigar do lado esquerdo e sinto mais curiosidade pela vida que acontece do lado direito, mas nesse humilde momento de tantas horas, só me sinto bem olhando para frente.

O colarinho da minha vestimenta é simplório, até demais. Eu consigo colocar uma perna na frente da outra de modo ágil. Não empaco na esteira, não sou desse tipo. Tipo? É.

Eu posso dizer que não sou leiga ou inocente dentro desse sistema, também tenho a informação de que minha consciência foi modificada, porém não faço ideia do que mudou. É tranquilo até certo ponto, mas como pareço confortável em ser o coelho, não penso muito. Nunca me esconderam isso. Nunca. O despertador quando toca, inclusive, apita tão forte que eu sinto o metal chacoalhar.

A pele humana não vibra assim.

Ouço vozes e sapatos pisando em um solo fosco. Em cima da minha cabeça. É nítido que eu moro em um subterrâneo. Não precisei de um calendário ainda, está tudo meio solto, vou vagando.

Olha, apareceu um papel em cima do móvel da sala. Não prestei atenção. Quando eu voltar, vejo melhor. Vou ler. É bom quando sinto que tenho que fazer algo que envolva prestar atenção. Talvez eu possa me deitar depois também. Ou comer o café da manhã de novo?

Percebo que não preciso correr tanto. Correr para quê?

Devia ter me perguntado isso desde o início. Me sinto um pouco sem fôlego.

Me disseram que estavam trabalhando em algo com material diferente. Vidro?

Hm, acho que foi isso mesmo. Ouvi, mas ouvi abafado. Muitas vezes, não falam claro comigo.

Eu sei que moro em uma colmeia, uma colmeia operacional.

As coisas são automatizadas. Acredito fortemente que sou monitorada, porém quando acordo, não tenho tanta certeza. Certezas, parece que não tenho muitas. Minha perna direita não dói, a esquerda sim. É a perna humana que dói. Não tanto assim, mas começou um incômodo.

E eu continuo andando, com rumo, mas parece sem sentido. Onde vou chegar?

Existem outras pessoas na colmeia, eu sei que sim. Não existe colmeia de uma abelha só. Eu tive aula de biologia, fui uma pessoa com uma vida, sei que fiz faculdade. Eu vivi fora desses portões.

E quando me dou conta, já estou de novo, na mesa de café da manhã com o melaço pingando pela minha mão.

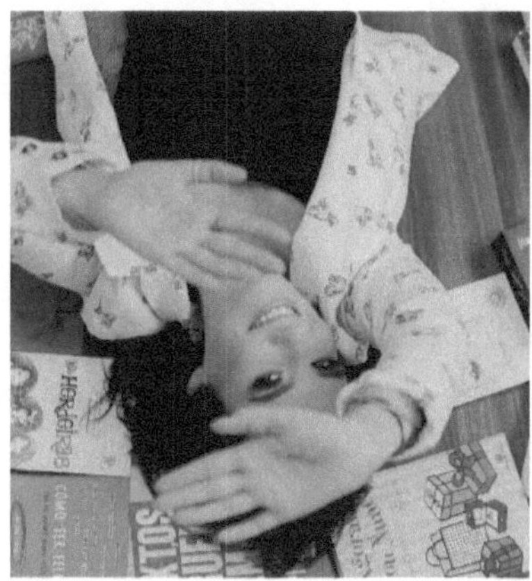

LAÍS VILELA, publicitária que virou escritora e é estudante de Psicologia. Transitando entre publicações de temáticas variadas, escreve poesias, contos e histórias. Já foi resenhista literária, colunista de veículos de comunicação e palestrava em livrarias. Em 2021, publicou seu primeiro livro solo: "Pasta de Couro com Folhas sem Linhas", que discorre sobre saúde mental no mercado de trabalho.

Siga a autora no Instagram:
https://www.instagram.com/lais_escrevendo/

AS ROUPAS DURAS NO VARAL

Silviane Scliar Sasson

O trigal entre as casas e os eucaliptos margeando a estradinha não permitiram que o cheiro chegasse à casa de Katia. Foi a geada que denunciou. As roupas duras no varal amoleciam ao sol do meio-dia e voltavam a amanhecer esturricadas e disformes para então serem provocadas pelo vento a ganhar vida própria, até que fossem aprisionadas novamente pelo frio da madrugada.

Nos mais de quarenta anos de vizinhança, Lourdes nunca deixou de agrupar os tocos de lenha por tamanho no caixote, de bater os tapetes aos sábados, de varrer a calçada nos fins de tarde de outono ou de recolher as roupas deixadas para quarar.

Katia pensou em pedir à filha mais velha que fosse bater palmas à porta da vizinha. Mudou de ideia antes de verbalizar o pedido. Baixou o fogo, tirou o avental e saiu pela porta dos fundos. Caminhou a passos curtos, como se pudesse alargar distâncias, devolver ao lugar o coração que lhe saltava à boca. Antes de bater palmas, colou o nariz na vidraça da janela da cozinha sem saber o que buscava encontrar. Bateu, então, umas palmas fracas, desesperançosas. Empurrou a tela e, sem surpresa, fez a porta se abrir.

Só naquele momento se deu conta de que, desde que as filhas de Lourdes, com quem brincava na infância, partiram, há pelo menos vinte e cinco ou trinta anos, nunca mais tinha atravessado aquela porta. Nunca recebeu convite. Nunca teve a ocasião de chegar com um bolo para o café. As crianças poderiam sujar, bagunçar, estragar a ordem da casa, da vida de Lourdes.

Seguiu pela memória os caminhos de uma casa de que lembrava ser perfeita: sem brinquedos espalhados nem roupa fora do armário, sem louça suja deus-me-livre dentro da pia. Caminhou lembrando das amigas que limpavam e esfregavam e lavavam e dobravam antes que pudessem sair para brincar e então já era noite e na noite menina boa não sai e logo cedo já era hora de debulhar milho antes de estender a roupa no varal.

Atravessou a cozinha e então o cheiro a invadiu. Cheiro de morte de quem morre sozinha, daquelas mortes que se espalham e ocupam o espaço para anunciar o fim de uma vida que se esvaiu silenciosa e solitária. Um cheiro barulhento que ensurdece quem ousa ser o primeiro a descobrir a morte que precisa ser anunciada pelo próprio odor, porque a vida não foi reclamada por ninguém. Desejou não ter tirado o avental para poder cobrir o nariz. Mas não pausou os passos, não reduziu o ritmo de quem busca o que, agora, já dava por certo.

Lourdes estava aos pés da escada. Não era possível saber se descia ou se subia: o corpo atravessado de lado, na pose de quem agarrou-se às paredes ou talvez tenha rodopiado antes de cair nos braços da morte que a espreitava junto ao corrimão.

Tudo na casa seguia na mais perfeita ordem. Nenhum copo à vista, sem pano sujo, nem migalhas de comida espalhadas pelo chão da cozinha, a cama feita, a toalha de banho estendida. O relógio de parede ainda fazia tique-taque, tique-taque na tentativa patética de substituir um coração. A organização de quem conduz uma colmeia, feito abelha-rainha desprovida da companhia de operárias. Tão habituada à ordem e à perfeição que não resiste a manter tudo no mesmo ritmo, ainda que trabalhe só. E somente para si.

Katia fechou as pálpebras de Lourdes, como se assim a poupasse de perceber o cheiro, o mau cheiro que tomava conta da casa. E que para ela, teria sido a própria morte. Abriu as janelas, as portas, convidou os eucaliptos a aliviarem o peso do ar.

Rezou uma reza dessas que aprendeu na infância. Não porque sua fé fosse feita de palavras. Katia cultivava o tipo de fé de quem chora quando o sol se põe alaranjado e se alegra com a chuva que cai na época de semear. Fé de quem se emociona com o barulho alegre da risada das gêmeas quando soltam bolhas de sabão ou quando lembra do gosto da sopa que sua mãe fazia. E acredita que isso tudo é de Deus. Mas, mesmo assim, recitou com respeito a única reza que sabia. Imaginou que Lourdes gostaria dessa demonstração de uma fé organizada em palavras conhecidas e repetidas, sempre da mesma forma, no mesmo tom.

Então, procurou nas gavetas e nas caixas e nas bolsas e bolsos por números, contatos, uma agenda, um endereço, um nome. Nada. Nenhum. Ninguém que tenha recebido de Lourdes um punhado de geleia real.

SILVIANE SCLIAR SASSON é aquariana, inquieta, advogada e escritora curitibana. Integra os Coletivos Era uma Vez e Escreviventes. Tem quatro livros infantis publicados, outros dois infantis e um juvenil a serem lançados em 2024. Um conto selecionado para a coletânea Cartas ao Futuro (Selo Off Flip - 2021) marcou sua estreia em publicações para o leitor adulto. Em dezembro de 2022, teve outro conto selecionado, dessa vez para o Projeto Pé de Amora (Amora Livros) e no mesmo mês lançou *Indelével*, seu primeiro livro de contos, pela Editora Patuá.

Siga a autora no Instagram:
https://www.instagram.com/silvianescliarsasson/

A COLMEIA DE MARIA

Olivaldo Júnior

A pele morena de Maria parecia a cada dia mais bela apesar do sol que tomava quando, sozinha, tirava água do poço para sua mãe.

Jovem, Maria era a caçula de uma família cujos homens ou tinham passado desta para uma melhor, ou tinham dado no pé há muito tempo.

Cada uma na casa tinha uma função. Eram, incluindo Maria, cinco mulheres, num sítio que tinha sido de Dona Estela, tataravó de Maria. Suas irmãs eram Carmela e Joana. A mãe se chamava Lúcia e a avó, Patrícia. Abelhas, voavam para lá e para cá, tirando da terra o sustento de cada dia, como se o mel nunca fosse acabar. Porém, a crise vinha grande. O novo coronavírus tinha deixado marcas em quem, graças a Deus, não tinha sucumbido ao seu mal.

Cultivando principalmente milho, vendiam na feira as hortaliças, sempre muito cobiçadas pelos donos de restaurantes locais, já que moravam derredor a uma pequena cidade do interior paulista, em que o acesso a grandes centros não era tão fácil como em outras cidades. E as verduras, frutas e o milho que a família Silva produzia eram os melhores da região. Coisa que Acácio, loirinho que "arrastava asa" para Maria, sabia muito bem.

Acácio era filho de Seu Jó e de Dona Astuta, donos do restaurante chamado Luz, que atraía seus frequentadores prometendo boa comida e boa hospedagem, já que também tinham quartos para alugar. Não que a cidade de Nova Itália tivesse muito movimento, mas tinham lá seus clientes mais assíduos. Ainda mais com as verduras e os legumes frescos que vinham do pequeno sítio das Silva, famosas também pelas pamonhas, que faziam um tremendo sucesso.

— Dia, Maria! Que linda está hoje! e Maria, encabulada, em pé, na feira, respondia ao gracejo de Acácio com um sorriso que o deixava ainda mais enfeitiçado.

— Maria, já pra cá! ralhava Dona Lúcia, sob o olhar severo de Vó Patrícia, que, zelosas com as abelhinhas de seu sítio, não queriam que moço delgado se engraçasse com Maria, a menor das irmãs. Joana e Carmela, acostumadas com a poda que sofreram, tiveram seus ramos entremeados por dentro e, depois de passadas as febres naturais da idade, se camuflaram de desgosto pelo mundo e só viviam para o sítio. Triste.

Os olhos de Maria eram feitos para o amor. Ela não sabia, mas um anjo me contara que, quando ninguém estava olhando, Maria se desmanchava em sonhos com Acácio, formando, desse desfolhe, uma linda flor imaginária, uma mandala, uma colmeia, em que seus sonhos eram mais doces do que mel, saciando não a fome só do corpo, mas também e principalmente, da alma, que transbordava bem mais do que a água do poço no velho balde, que Maria, desde a mais tenra idade, conhecia bem. Maria, que, como a água, também não cabia em si e queria molhar a pele rubescente de Acácio, desejoso da pele aquosa de Maria.

*****

Foi que, numa noite linda, de São João, Maria e sua família foram à quermesse da cidade. Dona Lúcia, Vó Patrícia e as irmãs Joana e Carmela agarravam seus terços com a mesma força com que empunhavam as vassouras e as enxadas dia a dia, na lida com a casa e com a terra. O sítio delas era como uma verdadeira colmeia, em que, depois de terem feito seu trabalho, os zangões, os homens da família, sumiam.

— Maria… Maria… Maria…, quase sussurrava o jovem Acácio, como se fosse possível enganar as quatro Silva, guardiãs da honra imaculada de Maria, abelha destinada a uma vida de trabalho contínuo, sem folguedos, nem nada. Logo ela, que sonhava com tudo!

Maria, disfarçando, esperou um descuido da família, que, por conta da chegada de Padre Sousa, assim como as outras beatas, voejavam em torno dele, partiu em busca de Acácio, dando-lhe a mão e, ao som de "Olha pro céu", do Gonzaga, cantado pela banda local, fugiu pela viela da Rua Esquerda, onde ficava um velho hotel, há muito desativado, sem luz.

Ali, naquele hotel, com a saia em flor, Maria se deixou iluminar pela luz do vagalume Acácio, que a espreitou com um beijo de cocada, levando-a bem mais alto do que os balões que, clandestinos, reluziam nos céus de Nova Itália.

*****

— Não tiro! Não tiro! Nem que me matem, não tiro!, gritava Maria quando a mãe, a vó e as irmãs ficaram sabendo da ausência das regras da caçula da família. Queriam que ela tirasse o rebento que, daqui a pouco menos de nove meses, nasceria, viria à luz. A bênção.

Não, Maria não saberia precisar o quanto correra, só sabia que tinha sido muito. A família dela não poderia se impor daquela forma. Pensou em procurar Acácio, contar-lhe tudo, mas, segundo Rita, sua amiga de escola, ele já estava em outra, nem se lembrava dela.

O sítio, ao longe, tinha ficado ainda menor do que o Vésper, ou planeta Vênus, para onde ela talvez fugisse, caso soubesse como se fazia para isso. Não sabia. Para onde fugir?

Sem alternativas, Maria voltou para casa. Rabo entre as pernas, feito o cachorro Dick, a quem chamavam de vira-lata, quando fazia arte, Maria voltou. Sem encarar a mãe, a vó e as irmãs, deitou-se na cama, pés sujos, terra entre os dedos, com o grão da vida em seu ventre.

Pouco a pouco, as irmãs se achegaram. Depois, a mãe e a avó, no decorrer dos dias, vieram também. Não tinham se esquecido de que a caçula sucumbira aos beijos de um rapaz que nem mesmo para zangão servia. Maria tinha sido incumbida de dar à luz um novo membro do sítio. Se a uma operária, se a um zangão, não sabia, mas tinha amor por ela, ou por ele, que viria através de Maria, àquela tão conhecida colmeia. E, com a mão sobre o ventre, via Acácio ir ao longe, mala nas mãos, para o destino sem nome, sem saber de nada daquilo.

Sobre o Autor

OLIVALDO JÚNIOR nasceu em Aguaí, São Paulo, mas mora em Mogi Guaçu desde criança. Seus pais, sempre que podiam, o incentivavam lhe comprando os discos e os livros que pedia. Apaixonado por arte, é formado em Radialismo: Setor Locução pelo Senac São Paulo e plenamente licenciado em Letras, com Habilitação em Português/Inglês, pelas Faculdades Integradas Maria Imaculada (FIMI). Seus textos têm obtido diversas classificações, nos mais variados gêneros, em inúmeros concursos literários, regularmente.

Siga o autor no Instagram:
https://www.instagram.com/olivaldo.junior/

ASTRAL

Cris Rosa

Passeio entre belíssimas flores, sinto uma forte energia. O perfume me embriaga. Visualizo uma luz violeta que me transmite calma, até sentir um choque em meu peito e ser puxada para uma cama de hospital.

Uma equipe médica me rodeia.

Penso no local onde eu estava antes e retorno ao jardim. Fui eu quem fiz isso? Como cheguei aqui? Olho o céu sem nenhuma nuvem e azul — o mais bonito que eu já contemplei. Mesmo assim, aquela sensação maravilhosa deu espaço à tristeza. Como eu poderia me sentir assim, nesse lugar sobrenatural, onde os meus pensamentos se materializam?

Sinto falta das flores e do seu cheiro. Noto que todas haviam murchado. Como assim? Num instante, estavam cheias de cor e vida. Não quero mais estar aqui. Aliás, como eu cheguei nesse lugar?

Não me lembro.

Outra vez sou atraída para dentro do meu corpo no leito hospitalar.

No peito, a pressão aumenta e consigo puxar o ar, seguido de um chiado característico da faringe quando tenho crises de bronquite grave.

De imediato, lembro da minha avó e dos meus primos brincando, correndo, nadando, pescando, subindo nas árvores e comendo fruta no pé e até mel da colmeia. Ah, como eu queria ser corajosa como eles e brincar, correr, nadar, pescar, subir nas árvores e... não, não! Eu é que não quero chupar favo de mel, aquela coisa doce e grudenta. Urh! Mas digo isso só em pensamento, se eu falasse alto, eles iam me chamar de fresca e de chata. E aí eu ia ficar logo com raiva. Por isso, quando a vó mandava eu tomar mel, eu tomava cheia de repugnância por dentro. Ela dizia que era remédio pros meus pulmões fracos. Mesmo assim, não conseguia ter fôlego.

Após várias tentativas de fazer meus pulmões puxarem o ar do balão de oxigênio, tudo que me prendia ao meu corpo, me libertei. E a antiga lembrança das belas flores murchas ficaram no meu antigo corpo.

Retorno ao quarto da minha antiga infância. Minha mãe está embalando nos braços suas saudades. Consigo sentir sua angústia e infelicidade. Ao seu redor, vão crescendo galhos secos.

Estou me sentindo exausta, parece que a tristeza da minha mãe está me enfraquecendo. Não tenho forças para sair de perto dela, e o gramado sob os meus pés também está perdendo a cor natural.

Ouço dentro da minha cabeça uma voz serena que me acalenta. Alguém surge ao meu lado, permanecendo em pé e com as palmas das mãos abertas direcionadas ao meu peito. Ela me estende um sorriso reluzente e me transporta para um novo lar no Astral.

CRIS ROSA é cearense, feminista e graduada em Letras (UFC). Dedica-se à escrita e ao artesanato. Escreve histórias em prosa e verso fictícias ou não. Faz pintura em tecido, quadros e mandalas. Tem textos publicados em coletâneas e revistas literárias. É Autora do livro *metamorfoseAr...se* (2023), obra poética, de publicação independente e produção artesanal. Integra o Coletivo EscreViventes e o Mulherio das Letras do Ceará. Está se redescobrindo como mulher autista.

Siga a autora no Instagram:
https://www.instagram.com/crisrosa33/

COM A AJUDA DOS DEUSES

Elaine Pinto Silva

Quando Melibeia bateu a porta do carro, ao sair do táxi, estava aliviada. Partiu. Não sem dor. Os gritos da mãe no salão da igreja e os tapas que trocaram lhe deram a certeza de que a decepção causada à família tinha sido grande. Voltar atrás estava fora de questão. Decidida a seguir em frente, agradeceu ao motorista, recebeu um abraço de Demétria e entrou. Não sabia o que estava para acontecer, não acreditava estar sendo aguardada. Um filme lhe passou pela cabeça.

O dia estava claro e agradável para o verão. À noite, promessa de chuva. Dizem que traz prosperidade para o casal. O vestido escolhido por Melibeia fugia do tradicional. Um pouco como ela, que confundia seus interlocutores com a voz doce e suave durante uma briga. Usou um vestido tomara-que-caia de cetim rosa, claro e brilhante, a barra se estendia em uma cauda de um metro e meio. A mãe reclamou, não era adequado para uma noiva. Disse também que os noivos não deveriam se ver antes da cerimônia, dava azar. O que os dois faziam juntos antes da entrada majestosa da noiva?

Melibeia olhou para a mãe com a tranquilidade de quem não vai ser persuadida. O casamento estava cancelado e havia acabado de comunicar ao noivo. Ao saber de tal decisão, a mãe gritou tão alto que as veias saltaram da face bronzeada. Melibeia tentou se explicar, mas a mãe não tinha ouvidos e estava tão furiosa que se atirou contra a filha amada. Tapas, empurrões, berros e xingamentos jogados sobre Melibeia. Quando conseguiu se desvencilhar, sentiu as unhas da mãe cravadas em seu braço. Sem pensar, pulou pela janela.

Ainda ouviu as maldições rogadas. Chorou de raiva e tristeza. Correu em direção a um táxi que se aproximava trazendo Demétria para a cerimônia, sua tia e cúmplice de muitos momentos. Obedeceu às ordens da mãe por acreditar que suas decisões eram para o melhor de todos. Melibeia fazia tudo o que ela pedia pelo bem da família, pela prosperidade e bênçãos da família. Era assim que entendia a vida até perceber que estava deixando de fazer as próprias escolhas.

Sem nada dizer, Melibeia entrou no carro. Seguiram em silêncio por um tempo até a tia soprar a direção para o motorista. Estavam de mãos dadas. Melibeia percebeu o próprio choro e enxugou as lágrimas. Começou a cair uma chuva fina. Apoiou a testa na janela do carro, observou as luzes na ponte sobre a baía, os navios abandonados na escuridão, as gotas na janela. Despertou e sorriu. Estava livre, finalmente.

O táxi parou diante de um bar. Era o dia da inauguração do Colmeia. O lugar estava movimentado naquela noite. Aléxis era o dono. Ganhou fama como bartender após ser abandonado por um grande amor. Deu atenção o máximo que pôde aos amigos. Discursou. Falou da escolha por mesas hexagonais, das luzes amarelas, do drink criado para aquela mulher especial que ainda amava, doce e suave como sua voz. Emocionou-se ao falar dos caminhos que o levaram até ali. Também falou da importância de ter bons amigos e de seguir em frente quando algo não sai como o planejado.

Do lado de fora, Melibeia agradeceu ao motorista do táxi enquanto Demétria o pagava. Em seguida, entrou. Aléxis estava cercado por amigos, distraído, não sentiu a aproximação. Melibeia abriu caminho entre o grupo. O ambiente ficou iluminado com seu vestido rosa claro, a cauda longa deslizando. Aléxis virou-se e emudeceu ao perceber Melibeia diante dele. Beijaram-se como da primeira vez, e o reencontro foi comemorado por todos.

ELAINE PINTO SILVA é escritora, tradutora e mãe. Escreve a newsletter "atrás da porta" e o blog "diário atrás da porta". Tem contos publicados nas revistas "Contos de Samsara" e "Cassandra", além do conto "De novo" na coletânea "Casa Nua — maternidade devassada".

Siga a autora no Instagram:
https://www.instagram.com/nussbaumelaine/

OPOSTOS

Marina Odo

Duas malas dessas grandes, de viagem, estavam abertas na cama. Marlene ia tirando vestidos, calças, blusas, camisetas, saias, lingerie, tudo quanto era roupa, e mal se dava o trabalho de dobrar antes de guardar nas malas. Ia e voltava em ritmo acelerado, enquanto Rogério encarava o vazio, já esgotado de argumentar, ainda desolado. Inerte.

Vamos retroceder, embora o melhor termo fosse "rebobinar". Eles eram do tempo do VHS e se conheceram justamente em uma locadora de vídeo. Para os jovens de hoje, deve ser difícil imaginar que as pessoas iam até um lugar para escolher um filme para assistir, mas procurar pessoalmente, às vezes, era até mais divertido do que o próprio ato de assistir em si. Ele gostava de filmes de ação. Já ela estava procurando um bom suspense e, com a fita em mãos, lia a sinopse de "O sexto sentido". Nenhum dos dois gostava de romance, embora ali tenham começado um.

— Já assisti. Tem um bom plot twist, até que vale a pena.

— Plot o quê?

— Ponto de virada. É quando o final te surpreende.

— Ah, sei.

Marlene o achou metido de cara. Sempre achava ridículo as pessoas usarem termos em inglês morando no Brasil. Mas o sorriso dele era imbatível, e ele devia saber disso, pois o esboçou largamente, usando do trunfo a seu favor.

— Rogério, prazer. Estou procurando um bom filme de ação. Tem algum para me indicar?

— Talvez você devesse perguntar para algum funcionário daqui.

Rogério a considerou antipática de cara. Nunca entendeu o motivo de algumas pessoas simplesmente procurarem ser desagradáveis quando tinham a oportunidade de levar uma situação com bom humor.

— É, tá certo.

— É só que eu não conheço muito esse tipo de filme.

— Ah, tudo bem!

— Prazer, Marlene.

Pronto. O sorriso veio dar o ar da graça de novo e era do tipo contagioso. Rogério mudou rápido sua impressão e notou que ela tinha uma covinha quando sorria.

Passaram a alugar filmes no mesmo horário para se encontrarem "por acaso". Ela era tímida; ele já vinha puxando assunto. Nenhum dos dois conseguia mais tirar o outro da cabeça.

Até que ele a chamou para uma balada. Ela preferia o cinema. Acabaram decidindo por um barzinho. Nenhum dos dois bebia, mas pareciam bêbados alegres, de tanto que o papo fluía.

Não demorou muito e ele a pediu em namoro. Ela que não acreditava em monogamia, topou mesmo assim. Nenhum dos dois estava disposto a sair da vida do outro e foram morar juntos.

Ele não ligava muito para essa coisa de decoração. Já ela podia passar horas em uma loja do tipo Tok Stok, então ficou encarregada de comprar os móveis e fazer daquele apartamento um lar. E fez, o encheu de plantas, de carinho, de detalhes que iam desde uma pintura na parede até um abajur estratégico.

Ele sempre acordava cedo para preparar o café, mesmo que pudesse acordar tarde, pois não tinha horário fixo, quando ela tinha que se levantar antes para ir ao escritório.

E mesmo que ele chegasse tarde, porque tinha que entregar a arte do logo de algum cliente de última hora, ela o esperava sonolenta até que, abraçados, pudessem descansar.

Ainda que ela preferisse gato e ele cachorro, nenhum dos dois tinha tempo para cuidar de um animal, quem diria ter um filho. Pois, imagine então o susto que foi quando ela engravidou. Ele nunca tinha parado para pensar em ser pai. Ela sempre soube que um dia seria mãe. Embora não fosse o melhor momento, nenhum dos dois pensou em aborto.

Nasceu uma menina. Na infância, diziam que o sorriso era do pai e os olhos da mãe. Na adolescência, diziam que o temperamento era da mãe e a perseverança era do pai. Adulta, disseram que devia seguir publicidade, como o pai ou ser advogada, como a mãe.

O último filme que viram juntos foi "A colmeia". Ela chorou por dias. Ele dormiu no meio do filme. Ela reparou no abismo que existia entre eles. Rogério considerou aquela uma crise de meia idade, nada que não pudesse ser conversado e resolvido, como tantas outras vezes durante tantos anos.

Marlene foi feliz com Rogério até perceber que não era mais. Rogério não sabia como ela podia ser capaz de acabar com tudo. Marlene sentia que tinham se isolado de todos os amigos, que viviam apenas no mundinho deles e cada vez mais distantes entre si.

Enquanto via as roupas nas malas, Rogério torceu por um plot twist que revertesse a situação, mas Marlene já tinha tomado a sua decisão e sabia que seria melhor assim.

Uma vida comum, como a de tantos outros brasileiros. Sem uma trama impactante, sem nada marcante. Sem, sequer, um final excitante. A vida é assim. Pois foi assim, de fato, o fim.

MARINA ODO possui 3 livros infantis publicados, além do livro duplo: "(Des)construção" e "Para o caos, basta um sopro" pela Ópera Editorial. Também tem participação em antologias de editoras como: Ed. Persona, Inovar Ed., Outra Margem, Selo Off Flip, CBJE, Vira-lata Editorial e Malditobooks.

Siga a autora no Instagram:
https://www.instagram.com/marina.odo/
https://www.instagram.com/violetaesuashistorias/

A COLMEIA

Ney Alencar

Zilda olhou para aquilo à sua frente sem entender o que era.

Ajeitou o fone do traje, apenas estática retornou, limpou a frente do capacete.

A areia avermelhada teimava em se depositar nas lentes de reflexão.

Olhou novamente para aquilo, a curiosidade parecia coçar por baixo de sua pele, ou seria apenas aquela estranha e desagradável sensação causada pela areia vermelha?

Era sua primeira viagem à Marte! Não queria parecer uma escoteira, era uma cientista, conseguira passar todo aquele tempo viajando pelo espaço com Connor e os outros três astronautas, enclausurada dentro daquele frasco de metal frio. Agora que estava na superfície não agiria como uma garotinha assustada.

Mas aquilo à sua frente era diferente do que esperava encontrar.

O objeto era grande, próximo dos quatro metros, de cor escura, quase negra, bojudo e pendia do teto da caverna em uma posição estranha.

Não parecia ser uma formação natural, não havia a umidificação necessária para uma estalactite, na realidade não havia nem mesmo água naquela parte de Marte.

A série de cavernas à que esta pertencia foi descoberta não fazia nem um mês, uma série de ramificações e túneis largos e compridos que se estendiam por quilômetros abaixo da superfície como um enorme labirinto.

Connor riu quando ela se voluntariou para a exploração, mas os outros haviam concordado com ela, era sua especialização, geologia extraterrena.

No início, pensaram que eram formações de arenito causadas por ventos subterrâneos, o que por si só já seria uma coisa incrível, depois descartaram a ideia.

As cavernas pareciam cavadas na própria terra vermelha de uma maneira que a energia eólica não seria capaz, mesmo que fosse encanada artificialmente para aqueles túneis.

Mas aquele objeto era o primeiro do tipo que encontravam, sabia disso porque vira todos os vídeos dos drones enviados para mapearem as cavernas.

Não havia nada como aquilo, pelo menos nenhum fora encontrado até agora.

Tentou comunicar-se com a sede da expedição, mas havia estática demais ali, talvez por causa de alguma tempestade de areia na superfície.

Contornou o objeto, por baixo, tirando fotografias, até que descobriu o que parecia uma abertura, em um canto próximo à parede.

Tentou aproximar-se mais, conseguiu apoio em um ponto de rocha e subiu para uma pequena plataforma logo à frente do buraco.

Tirou a lanterna e olhou o interior.

Era estranho, parecia com algo que ela já havia visto, porém não se lembrava onde.

A abertura negra não parecia possuir fundo, a superfície do objeto não refletia a luz como deveria, não havia reflexos nem lampejos, mas ela tinha a estranha sensação de que aquele material estava absorvendo a luminosidade artificial.

Zilda procurou um ponto de apoio e empurrou o corpo para dentro da cavidade.

Trouxe a lanterna para perto do rosto e iluminou o interior.

Decididamente não era humano, óbvio!

Não era uma construção artificial também, parecia com algo que deveria se lembrar, o interior era escuro, quase luzidio na luz da lanterna, lembrava cera de abelha.

Foi então que o choque quase a derrubou.

Lembrou-se de onde já havia visto aquele objeto, lembrava uma gigantesca colmeia de abelhas, até mesmo as ondulações e as sombras de fundo que se pareciam com casulos, tudo estava ali.

Zilda entrou pelo corredor central para um espaço aberto.

Aproximou-se das sombras e verificou que realmente eram casulos, porém estavam vazios, a maioria deles.

Ligou o microfone externo e bateu com os nós da luva na superfície coriácea, o som que escutou era de algo oco, até que o último deles soou como se estivesse cheio.

Zilda tirou uma pequena picareta da cinta e bateu devagar contra aquele material desconhecido, macio, e assim conseguiu quebrar um pouco.

Com a mão abriu um buraco maior e pôde ver o que havia por dentro, assemelhava-se a um objeto elástico, como um saco, ou uma roupa velha toda dobrada e torcida.

Aquilo também a fazia se lembrar de algo que lhe fugia naquele momento.

Pegou uma ponta e puxou para fora, parecia tecido mesmo.

Foi puxando devagar, até que uma parte maior e mais dura entalou.

Com a picareta aumentou a abertura e puxou.

A surpresa e o horror a atingiram como um soco no estômago.

Era tecido mesmo, era um uniforme de astronauta e não estava vazio.

Levantou o objeto à sua frente, era do seu tamanho, era de um homem e havia uma insígnia no lado esquerdo, as letras estavam apagadas, mas podia adivinhar o que diziam: Richard Poole!

Ela reconheceu o nome de imediato, ele foi um dos cientistas da última expedição à Marte.

Aquela expedição da qual ninguém mais ouviu falar, já fazia quase vinte anos.

Desapareceram sem deixar rastros, até mesmo a nave sumiu.

O pessoal na Terra acreditava que haviam sido pegos em uma grande tempestade de areia ou talvez em um desmoronamento, Zilda jamais imaginaria encontrar um deles ali, daquele jeito.

Era impossível! Ela sabia que não existia vida em Marte e sequer podia imaginar o que havia feito aquilo com ele, como ele foi colocado dentro daquele casulo, ou o quê o colocara ali.

Foi então que se deu conta do barulho que lhe chegava através do microfone externo.

Não era estática! Era um zumbido contínuo e baixo!

Pelo canto do olho captou um movimento, onde não deveria haver nada.

Voltou-se e olhou dentro daqueles olhos bulbosos, insectoides e multifacetados, injetados com uma fome terrível, de décadas. A sombra sinistra pareceu mover asas membranosas e, quando sentiu as patas alienígenas tocarem seu corpo, um repelão de asco a fez gritar.

E Zilda gritou com todas as suas forças e sua sanidade, porém ali naquele lugar desolado e solitário, dentro daquelas cavernas extraterrenas, ninguém jamais a ouviria!

Sobre o Autor

NEY ALENCAR é natural de Recife-PE. Radicado em Osasco desde 2013. Professor, Pintor e Psicopedagogo. Membro da Academia Internacional de Literatura Brasileira nº 0596. Membro da Associação Internacional de Escritores Independentes e Membro da Academia Independente de Letras de São João – PE. Possui 357 contos publicados em 66 e-books e em 124 antologias. Possui 06 livros publicados.

Siga o autor no Instagram:
https://www.instagram.com/ney.alencar.12/

CORAÇÃO CHAPISCADO

Ilma Pereira

Com o uniforme impecável, um jovem motorista soltou um sorriso quando cruzou com Marília. Para evitar que seu filho desse um encontrão no desconhecido, ela esbarrou sem querer no muro chapiscado. A dor da fricção foi como um relâmpago.

Num segundo, revisitou uma cena que julgava apagada da memória:

"Ele foi seu primeiro amor. Seu príncipe encantado. A menina sincronizava as pequenas tarefas do dia a dia para cruzar com ele. Garboso em sua farda, arrancando suspiros ao conduzir seu ofício. As mulheres enxameavam à sua volta feito uma colmeia atarefada.

Com os braços sempre cruzados, escondendo o incipiente crescimento sob o uniforme escolar, Marília passava na porta da casa dele como uma espiã. Esticava o pescoço e namorava as grades de ferro pontiagudas, as paredes de chapiscado grosso da garagem, de onde cantavam três ou quatro pássaros engaiolados. Até o velho carro, coberto por uma colcha de retalhos, era motivo de admiração.

Uma tarde, quando passava pela rua, viu a esposa. Boquiaberta, observou a mulher. Cabelos longos, negros e encaracolados até a cintura, um corpo bem proporcional ao rosto perfeito, uma pele que brilhava. Era divina.

Marília, uma mulher em crescimento, se afastou com um misto de inveja, sofrimento e tristeza. Murchou por não poder rivalizar com nenhuma beleza como a que acabara de presenciar. O vento brincava em suas pernas finas, gretadas pelo frio e assanhava o seu cabelo, ela sentia pela primeira vez a picada do ciúme. Jamais seria tão feliz quanto aquela mulher ousava ser, além de bonita, a companheira do homem mais desejado do bairro.

Por mais de quinze dias, não se desviou do seu caminho, não pegou o atalho mais longo, deixou de bisbilhotar a vida alheia.

Voltando do grupo escolar cheia de caraminholas inimagináveis que poderiam estar ocupando aquela cabeça ainda tão pueril, eis que ela vê de longe aquele por quem suspirava.

Reteve os passos para melhor aproveitar a visão. Olhando de perto, ele nem era tão bonito. Talvez a distância lhe enganasse os olhos. Talvez sem o uniforme ele fosse só mais um, nem tanta atenção chamaria. Perdida nessas divagações, pisou de mau jeito e soltou a tira de seu chinelo. Abaixou-se e, enquanto lutava contra o encaixe mal-acabado, ouviu o primeiro grito.

Estava parada bem em frente à garagem de grades pontiagudas. E lá dentro uma cena horripilante: todo garboso em seu uniforme, o objeto de sua admiração atirava contra a parede de chapiscado grosso a linda mulher de cabelos longos e encaracolados, enquanto os passarinhos continuavam, imperturbáveis, quiçá já acostumados, seu trinado.

Quanto mais ela pedia que ele parasse, com mais força ele a arremessava."

Durante anos, aquela cena assombraria Marília.

ILMA PEREIRA é escritora e poeta de Belo Horizonte. Tem quatro livros publicados e participação em diversas antologias de contos e poética. Ajuda escritores a aprimorar seus textos fazendo revisão e leitura crítica. Ler, escrever, viajar e curtir a família são suas maiores paixões.

Siga a autora no Instagram:
https://instagram.com/ilmapenumo?igshid=ZGUzMzM3NWJiOQ==

MATRIARCADO IMPLACÁVEL

Paula Campos

O clã Melzagão formou-se nos anos 80, num malfadado domingo para Abraãozinho Melzagão. O casamento com Regina destruir-lhe-ia a vida, com vagar e argúcia, mas isso ele ainda não sabia.

Aos dezoito anos, saiu de casa dos pais, merceeiros remediados, para subir ao altar, inchado como um peru, com uma mulher doze anos mais velha em idade, mas muitos mais em esperteza e ambição.

Os primeiros tempos foram gloriosos para o rapaz. Os seus sucessos poderiam ser enumerados numa daquelas folhas do livro em que os pais apontavam tudo. ~~Regina~~ Abraãozinho expandiu o negócio dos pais. ~~Regina~~ Abraãozinho levou os pais com 55 anos para um lar, onde poderiam descansar e conviver com os idosos da sua aldeia natal, a 300 quilómetros do lugar onde tinham vivido desde o seu casamento. ~~Regina~~ Abraãozinho transformou o novo supermercado num armazém de mel, que começou a exportar para o estrangeiro. ~~Regina~~ Abraãozinho teve quatro filhas. ~~Regina~~ Abraãozinho orientava a casa e os negócios com pulso firme. Dez anos depois do casamento, a sua personalidade estroina, indolente e fanfarrona tinha-se aprimorado e instalara-se definitivamente. Um único pormenor toldava a felicidade do casal: ~~Regina~~ Abraãozinho queria um filho varão. Tão bem continuou o seu papel de procriador que, treze anos depois do matrimónio, ~~Regina~~ Abraãozinho teve um filho.

Foi o início de um fim, que demorou anos de insanidade a chegar. Então, não era ele o homem da casa? O chefe de família? Não era ele quem mandava? Não tinha sido ele a construir o patrimoniozinho conseguido? Segundo Regina, não. Tudo tinha sido ideia dela e, agora que a prole estava disponível, os negócios seriam a prioridade da família. À medida que as filhas cresciam e estudavam "o que interessava", o álcool ia toldando, cada vez mais, a mente e a alma de Abraãozinho. Aos 58 anos, Regina tinha na administração da empresa, que ela geria, astutamente, com mão de ferro, uma filha gestora, uma advogada, uma informática e, agora, uma relações públicas.

As raparigas, habituadas a desprezarem o pai alcoólico e impotente perante a abelha-mestra, mantiveram-se laboriosas e obedientes.

No dia em que Abraãozinho partia para o lar da terra natal dos pais, lugar que ele nunca conhecera, aos 53 anos, casava-se o único filho da família. As irmãs, casadas, embora muito novas, contavam com uma modesta prole de nove crianças, entre todas. Começavam, também, já o paciente trabalho de amestrarem os procriadores, que lhes permitiriam manter o negócio nas suas mãos.

Mas, Regina, ao invés de passar a obra para a filha mais competente, sentia que não era, ainda, tempo de se afastar. A disputa pelo poder iniciou um longo processo, que culminou com a saída de casa da matriarca, aos 67 anos. Não derrotada. Consigo, levou o filho, a nora e a neta. Na casa da família, a irmã mais velha passou a reinar, depois da única visita feita ao pai, a quem conseguiu arrancar todas as assinaturas de que precisava para impugnar o reinado da mãe na empresa.

Na sua nova colmeia, perante um filho de caráter indolente como o pai, Regina começava a instruir a nora sobre como recuperar os negócios da família e a inculcar-lhe a necessidade de se prolongar na filha.

Sabia que, também ela, um dia, seria definitivamente relegada para fora do clã. Mas, o que lhe importava que a esperasse a miséria do lugar para onde enviara o marido? Enquanto se sentisse mentalmente sã, perseguiria o objetivo da sua vida: reinar!

PAULA CAMPOS nasceu em Coimbra, mas tem os sonhos pelo mundo. Os pés mantêm-se na sua cidade, os sonhos continuam por aí. Cedo se apaixonou pela leitura e pela escrita, pelo que fez profissão destas vontades. Para além de ser professora de Português, dinamiza um clube de leitura e um de escrita online. Já organizou atividades literárias na Biblioteca Municipal de Coimbra e orientou tertúlias de poesia. Tem textos publicados em três coletâneas. E os sonhos sempre na leitura e na escrita.

Siga a autora no Instagram:
https://www.instagram.com/anapaulahortacampos/

ANTES SÓ DO QUE MAL ACOMPANHADA

Anellise Ramos

— Ele disse que quer ficar.

— Como assim? Que novidade é essa, eles sempre vão embora...

— Diz que não sabe como damos conta de tudo sozinhas.

— E não parece óbvio? Quem disse que estamos sozinhas? Aqui é uma ajudando a outra o tempo todo.

— Disse que pode proteger a gente.

— Como se a gente precisasse de um homem pra isso. Só a gente sabe de onde sai tanta força e coragem pra enfrentar o que enfrentamos aqui todo dia.

— Que pode fazer o trabalho mais pesado.

— E como ele acha que sobrevivemos até hoje? Toda ajuda é bem-vinda, mas ele se surpreenderia se passasse um dia entre nós. Me orgulho de ver do que somos capazes.

— Garantiu que poderia ensinar coisas de homens aos meninos.

— E o que exatamente seria isso? Quando falam assim, tenho até medo... "ensinar homem a ser homem" não costuma ser nada bom. Já posso imaginar, dizendo que menino não chora, ensinando um a competir com outro o tempo todo. Quero mais é que nossos meninos cresçam sem ter que ouvir isso.

— Explicou que não quer gerar briga entre a gente. Que vai tentar conciliar com as outras também.

— Eles realmente acham que são o centro das nossas atenções... já pensa que agora vamos começar a disputar a presença dele.

— Ele é diferente.

— Adoraria acreditar, não seria o primeiro, mas você não tem como saber, até nisso eles são bons, em parecer o que quer que seja. E pelos poucos comentários, me pareceu ser mais do mesmo.

— Mencionou que a gente precisa mudar o nome do povoado. Colmeia do Sul afasta os homens, ficam com medo e por isso vão embora.

— Tá vendo, ele é exatamente como os outros. Até o nome da comunidade eles acham que a gente deve escolher pensando neles, pra agradar. O nome da nossa comunidade, onde eles não colocam o pé, não se preocupam, não ajudam. E mais uma vez a culpa é nossa, que escolhemos o nome errado. Não é por falta de responsabilidade, de companheirismo, de participação deles. É culpa do nome. Francamente, se precisamos virar abelhas rainhas foi porque os zangões aí fora só querem saber do bem bom.

— Prometeu nos ensinar a ter maldade em algumas situações.

— Como se fôssemos donzelas inocentes, prestes a cair em qualquer armadilha, a começar pela dele.

— Que nos contaria como ficar ainda mais atraentes, mais femininas. Garantiu que a partir daí todos os homens iam querer ficar, como ele.

— Então é isso, nem chegou e já quer mudar o nosso jeito, colocar defeito em cada uma de nós, colocar coisas em nossas cabeças? E quem disse que a gente quer companhia só pela nossa aparência?

— Comentou que somos muito sérias, muito bravas e isso também não é bom.

— Não é bom pra quem?

— Achei que seria interessante os homens viverem com a gente.

— Seria maravilhoso, mas ele não quer fazer parte do nosso grupo, presta atenção no que ele está dizendo! Quer destruir o que construímos até aqui. E isso nenhuma de nós vai admitir que aconteça mais uma vez.

ANELLISE RAMOS é uma escritora em processo de descoberta da própria voz e das boas histórias. Feminista, mãe de dois, acredita que a inspiração está ao alcance das mãos. Vive por aí tateando o mundo.

Siga a autora no Instagram:
https://instagram.com/anelliseramos/

APE REGINA

Sandra Guimarães

Isa dormira pouco durante o voo. A ansiedade e euforia eram mais fortes do que o cansaço e a turbulência. Faria a palestra de abertura de um importante evento em sua cidade natal; afinal, era um case de sucesso. Havia chegado uma semana antes, a fim de descansar uns dias no litoral com aquelas que eram sua maior inspiração: a mãe e a avó materna.

Aterrissa em Guarulhos e mais duas horas de estrada a levaram-na à casa da praia. Passados os pedágios e a paisagem deslumbrante da Mata Atlântica, finalmente pôde avistar o ipê amarelo ao portão. Abre-o como fosse um portal mágico: as bromélias no jardim, os saíra-sete-cores sobre os ramos da amoreira, as abelhas nas flores, o cheiro de maresia. Tudo lhe parecia igual; uma pequena ilha em seu coração onde todos os oceanos se encontram. Sua memória afetiva lhe mantinha em constante conexão com os aromas e cores da infância. Há mais de cinco anos não retornava àquela casa. Não por vontade própria, mas por circunstâncias impostas pela vida. Retira os tênis, pois queria sentir a grama sob seus pés. Bate com as palmas das mãos, profere uma das frases que mais gostava e que lhe soava familiar: "Ó de casa!" Imediatamente, ouve uma voz ancestral a lhe responder:

— Pode entrar e venha em paz! A casa é sua!

Ela amava ouvir sua avó dar as boas-vindas. Sentia-se acolhida, protegida e amada. Sua mãe, em lágrimas, correu ao seu encontro, encheu-lhe de beijos e quase a sufocou com o abraço materno.

— Minha filha querida, você está linda e perfumada! Está cheirando a flor de laranjeira!

— Bondade sua, mãinha. Eu estou acabada. Quanto ao perfume, você acertou a fragrância! Trouxe um frasco pra você — respondeu Isa, sorridente.

A matriarca já estava na varanda à espera da sua "Pequena". Emocionada, disse à neta:

— Minha Pequena, que bom te ver! Graças a Deus, você veio! Quanta saudade!

Três gerações sorriram, entreolharam-se e abraçaram-se longamente. Nem mesmo Chronos seria capaz de medir o tempo daquele abraço, imensurável.

A matriarca havia preparado o chá de casca de laranja com mel da flor que dava nome à frutífera: laranjeira. Era o preferido de Isa. A neta, por sua vez, senta-se na cadeira de balanço da avó, um pouco para matar a saudade e para lhes contar o rumo que sua vida havia tomado. Isa foi para Itália cursar doutorado em Química, graças a uma bolsa de estudos que havia arduamente obtido. É ativista da causa ambiental e feminista — havia herdado a veia feminista de sua mãe que, ao completar 18, lhe presenteara com "O Segundo Sexo", de Beauvoir — em língua original. Tornou-se uma mulher idealista, decidida e solidária. Contou-lhes que havia recebido a proposta de uma renomada empresa italiana para fabricar um perfume feminino feito com elementos naturais, uma fragrância que imprimisse um quê de "personalidade" para quem o usasse. Isa explicou-lhes que o perfume tem a sua cara e trata-se de um "projeto de alma". A empresa lhe deu carta branca para montar uma equipe inteiramente feminina. Sua mãe, atenta à narrativa da filha, pergunta-lhe o nome do projeto e do perfume. Isa, calmamente, levanta-se da cadeira de balanço e caminha rumo à sua mala. Abre-a com cuidado, retira duas pequenas embalagens de presente e entrega uma para cada e diz:

— Mãinha, Vóinha, aqui está o meu perfume. Porém, antes de abri-lo, gostaria de lhes dizer que tenho muito orgulho de ser quem sou. Honro a existência de vocês, honro o que fizeram por mim, sei que não foi pouco. Mesmo distante, sempre tive vocês comigo. A nossa conexão é inexplicável! Senti-me no dever de retribuir, não por obrigação, mas para render homenagem às mulheres de minha vida.

A matriarca, altiva, conteve as lágrimas. A mãe, ao contrário, chorava de soluçar. O que mais revelador estaria por vir, após o discurso de Isa? Emocionada, aquela jovem mulher franzina, que carrega consigo a certeza de ser uma Yalodè; que jamais havia baixado a cabeça como lhe ensinara sua avó materna; e que sempre lutou por seus ideais, como sabiamente lhe orientara sua mãe, disse-lhes, com voz embargada:

— Sempre fomos nós três. Sem presença masculina. Não me fez falta. Lembrei-me da minha infância e fiz uma analogia entre as abelhas-rainhas e nós. Quando pequena, observava, em silêncio, Vóinha cuidar das abelhas e conversar com elas. Vóinha me dizia que as abelhas a ouviam e que, por isso, produziam o melhor mel do mundo. O mel das flores de suas laranjeiras. Vocês são abelhas-rainhas, pois cuidam da organização e harmonia do lar, sempre trabalharam incansavelmente. Reinaram e reinam soberanas; orientam e acolhem outras mulheres. Vocês sempre foram meu espelho!

E continuou:

— Tornei-me PhD em Química, uma perfumista. Criei uma fragrância autoral cuja essência principal é a flor de laranjeira. Batizei o perfume de Ape Regina, abelha-rainha em italiano. Uma homenagem a vocês, minhas abelhas-rainhas! É um eau de parfum delicado e que mantém a fragrância por horas. As mulheres amam! É o mais vendido na Europa. E quanto ao projeto, dei o nome de Colmeia, em português mesmo.

A avó, surpresa, indagou:

— Por que Colmeia, Pequena?

Isa, então, respondeu:

— Porque, em uma colmeia, o trabalho é feminino; feito com organização, cooperação, agilidade e harmonia. O que me fez pensar que nasci e cresci em uma colmeia. Não sou bióloga, mas aposto que, entre as abelhas, também existe afeto e sororidade. Já falei demais. Abram os presentes e me digam se gostaram do perfume.

Tão logo abriram os frascos e sentiram o aroma do Ape Regina, um zumbido forte ecoou no quintal. As três, em silêncio, foram até a janela e observaram o enxame sobrevoar o pomar e extrair o néctar das flores das laranjeiras. Passou um filme na mente de Isa: a colmeia seria reabastecida, era um sinal. As três abelhas-rainhas estavam novamente reunidas.

SANDRA GUIMARÃES é linguista, professora de linguística e literatura, tradutora juramentada. Há dez anos escreve e publica livros de forma independente. Escreve para crianças, jovens e mulheres, é membro da Academia Joseense de Letras e participa do coletivo Escreviventes. Ama o mar. É gateira.

Siga a autora no Instagram:
https://instagram.com/euescritorasandraguimaraes/

UM SONHO E MUITA FÉ

Sheila Ozsvath

Meu nome é Vivian, tenho 35 anos, sou casada com Lorenzo há dez anos, moramos no interior do interior e meu maior sonho é ser mãe.

Sou muito católica, de ir na missa dia sim, dia não. Domingo é sagrado, você sempre vai me encontrar na missa das 9 horas sentada na primeira fila. Houve tempo que mainha achou que eu ia ser freira, mas Lorenzo foi mais rápido que o padre e tratou logo de propor casamento.

Sou muito feliz, mas me falta um filho, ou uma filha, tenho até enxoval comprado, tudo amarelinho, paninhos bordados com bichinhos. Os patinhos são meus preferidos, combinam com as fitas amarelas passadas na borda dos paninhos, terminando num laço.

Acontece que nos últimos oito anos acendi vela pra todos os santos que possam imaginar.

Tirei menino do colo do santo, coloquei de ponta cabeça, virei pra parede, teve um que até coloquei no congelador e nada.

Fui ao médico muitas vezes, e ele só sabia me dizer que era questão de tempo.

Que tempo longo esse que já faz dez anos e nada!

Quando completei 35, repeti o pedido no sopro da vela, repeti o pedido no corte do bolo e, pra não faltar feito, entreguei o primeiro pedaço do bolo pra Cosme e Damião.

E dali em diante pedi licença pro padre e fui atrás de tudo quanto é simpatia e ajuda espiritual.

Quando fui à Eurídice, a mais conceituada benzedeira da cidade, tive vergonha de dizer meu pedido em voz alta.

Era um misto de incredulidade, de impotência e uma sensação que havia dias me abatia a sensação de ser uma mulher inútil, oca demais pra gerar uma criança.

Eurídice era engraçada, mesmo desconfiada das ervas dela, eu confiava naqueles olhos de quem sabe tudo o que eu não disse, mas vai ficar esperando eu ter coragem de dizer.

Na terceira visita a Eurídice, contei, enfim, a ela meu grande sonho. Ela abriu um sorriso largo, quase igual ao de uma criança e pediu que respirasse fundo e pensasse na criança já em meus braços.

Terminada a benzeção, me pediu que esperasse um pouco e entrou pela porta dos fundos da casa.

Foi a primeira vez que olhei pra casa dela como quem olha uma casa de uma mulher, que, apesar dos trabalhos de benzedeira, tinha lençóis estendidos no varal, uma vassoura meio gasta no canto do tanque, uma porção de vasos verdinhos de tão bem cuidados. Olhando pra dentro da porta de ferro branca, via a cozinha de azulejos azuis e os potes de mantimento vermelhos no topo do armário carregando do lado dos rótulos o desenho de uma vaquinha sorrindo.

Estava me sentindo em paz quando Eurídice voltou arrastando os chinelos com um papelzinho nas mãos.

Me deu o endereço de Florenciana, sua irmã, tão abençoada com dons quanto ela própria. Me contou que a irmã pra curar o primeiro filho fez promessa de tricotar casaquinhos de lã pra abençoar mulheres que estão buscando ser mães. Era pôr o casaquinho no colo da candidata a mãe e o milagre tava feito: nove meses depois, lá vinha mais uma criança pra esse mundão de Deus.

Peguei o papel emocionada, mas não resisti e fui perguntando se funcionava, se ia funcionar pra mim também, afinal foram tantas promessas e ali estava eu de braços vazios.

Eurídice rindo, beijou minha cabeça e me mandou ter fé.

— Oxe, isso eu tenho!

Duas semanas depois que fui conversar com Florenciana, chegou em casa um embrulho, um casaquinho amarelinho, tricotado em ponto colmeia, com fita de cetim na gola, punhos e barra.

E isso tudo aconteceu há seis meses, daqui quatro nasce minha filha, Flora, em agradecimento a Florenciana e seu dom de fazer milagres.

SHEILA OZSVATH, formada em publicidade, marketing e gestão cultural. Trabalha em uma instituição de ensino, é mãe e mulher com deficiência. Está mediadora de um clube de leitura. Uma mulher em constante transformação. Nascida em Sampa sob o signo de Capricórnio, com ascendente em Câncer e Lua em Leão. Reside em Ribeirão Preto desde 2008. Apaixonada por ler e escrever, sempre com um olhar atento a referências capacitistas ou anticapacitistas. Acredita na arte como meio de salvar a humanidade. Apesar de apresentar alguns textos em espetáculos artísticos e saraus, somente agora aceitou a escrita como sua arte e teve coragem de assumir a escrita como algo que realmente quer para sua vida.

Siga a autora no Instagram:
https://www.instagram.com/sheilaozsvath/

VIOLETA MARIA

Helena Solfyere

Violeta Maria era uma jovem que morava em um pequeno quilombo no coração da Mata Atlântica. Desde criança, ela se sentia atraída pelas plantas medicinais que encontrava na floresta. Cada planta tinha uma propriedade curativa e uma energia diferente, e ela gostava de estudá-las e identificá-las. Certo dia, Maria decidiu criar sua própria mistura de ervas, inspirada pelos sentimentos que sentia em seu coração. Ela colheu um punhado de folhas e flores, misturando-as em uma panela com água, fervendo e deixando repousar. Quando finalmente a mistura estava pronta, Maria a examinou cuidadosamente. Era uma infusão avermelhada, com pequenos traços verdes e dourados. Maria sentiu que a mistura representava a força, a coragem e a resistência, sentimentos que ela valorizava muito. Mas Maria também sabia que a luta por liberdade, justiça e preservação de sua cultura eram tão importantes quanto a cura pelas ervas. Ela sabia que a opressão enfrentada pela comunidade não devia ser ignorada.

A partir daquele dia, Violeta começou a criar diferentes infusões de ervas, cada uma representando um sentimento diferente. Ela criou uma mistura verde para representar a esperança, uma infusão amarela para representar a alegria, uma mistura marrom para representar a tristeza e muitas outras. Cada vez que Violeta criava uma nova mistura, ela se conectava com seus sentimentos mais profundos, explorando suas emoções e aprendendo a lidar com elas. Ela percebeu que cada sentimento era como uma mistura única, com suas próprias propriedades e energias, a mistura representava mais que sua força interior, mas também a força de sua comunidade.

Um dia, enquanto caminhava pela floresta em busca de novas ervas, Maria encontrou uma colmeia de abelhas. Ela observou com admiração a organização das abelhas e a forma como trabalhavam para produzir o mel. Maria refletiu sobre como as abelhas se conectavam e trabalhavam em conjunto para produzir algo tão valioso. Ela percebeu que sua comunidade também poderia ser como uma colmeia, cada membro trabalhando em harmonia para alcançar objetivos comuns. Essa ideia fortaleceu a luta de Maria pela justiça, liberdade e preservação da cultura de sua comunidade. Ela sabia que, assim como as abelhas, cada membro do quilombo tinha um papel importante a desempenhar na construção de um futuro melhor para todos. Maria levou essa reflexão consigo e a compartilhou com seus companheiros do quilombo, inspirando-os a se unirem em torno de sua luta por igualdade e liberdade.

Então, durante uma roda de conversa no quilombo, Violeta foi convidada a falar sobre a cura por meio das ervas. Ela segurou uma de suas misturas em cada mão, sentindo suas propriedades fluírem através de seu corpo enquanto falava. Os outros membros do quilombo se uniram a ela, compartilhando suas experiências e aprendendo juntos. Violeta sentiu que a energia das misturas se unia à energia dos outros membros do quilombo, criando uma poderosa onda de cura, amor, resistência e luta.

A partir daquele dia, Violeta Maria passou a ensinar aos demais sobre as misturas de ervas e suas propriedades, mostrando-lhes como elas podiam ajudá-los a explorar seus sentimentos mais profundos. Durante sua jornada, ela aprendeu que os sentimentos não eram apenas uma reação emocional passageira, mas sim como misturas preciosas e únicas que representavam uma parte essencial da experiência humana. Aprendeu a valorizar cada uma dessas misturas, independentemente de serem alegrias ou tristezas, raivas ou esperanças, pois cada uma delas contribuía para sua jornada de autodescoberta, crescimento e evolução.

HELENA SOLFYERE é uma escritora e leitora ávida, que encontra encanto em cada livro que lê. Seu amor pela literatura é como os dentes-de-leão, que se lançam ao vento em busca de novas descobertas e experiências. Com uma paixão ardente pela arte da escrita, ela utiliza suas leituras como inspiração para criar histórias envolventes, que capturam a imaginação dos leitores e os transportam para mundos mágicos e fascinantes.

Siga a autora no Instagram:

https://www.instagram.com/helena.solfyere/

O TAPETE É UM FERRÃO

Fernanda Germano

Vovó havia nos criado em uma colmeia.

Como éramos sete, em quantidade maior que a sua memória permitia, esquecia nossos nomes e nos chamava de abelhinhas. E acreditava que éramos os bichos, ela, a rainha, e a nossa casa, um grande lar de abelhas. Ensinara que todas nós nascemos com um ferrão. As mulheres têm uma arma oculta — e nós, as netas curiosas, arregalávamos os olhinhos diante da história — muito poderosa… mas muito perigosa também… devem saber usá-la: temos, todas nós, um ferrão, que devemos usar somente quando nos é muito, mas muito necessário. Tínhamos de provocar as feridas nos outros, para que elas cicatrizassem em nós.

Ela nos comandava na fazenda em que nascemos. Colocara cada uma de nós em uma cela da antiga senzala, que seria única e intransferível. Achava importante termos um lugar próprio para o trabalho: tecíamos tapetes de crochê para que ela vendesse, aos sábados, na feira da cidade. Voávamos de linha em linha, os dedos mecânicos a produzirem o nosso sustento, enquanto vovó pairava no ar, como a rainha que vigia as servas, para nos aprovar o trabalho. E não nos deixava cessar a tecelagem antes que estivéssemos com três tapetes prontos em cada uma das mãos. Organizava os resultados: algumas eram liberadas para colher maçãs no quintal, outras tinham de refazer o crochê com mais capricho. Vovó era uma líder nata.

Vocês seguram a mão de Deus nessas agulhas, minhas filhas.

(é mesmo, vovó?)

É mesmo... esses tapetes são a cura das feridas, a cicatrização dos males.

Começara a vender os tapetes depois da morte de mamãe, sua única cria. Passara a reparar, na cidade, que aumentavam as moças abandonadas por rapazes transitórios, com as filhas a tiracolo, e decidira agir. Não suportava a solidão. Inventou de fazermos tapetes coloridos, alguns infantis, para que ela vendesse a preço de banana na feira. A questão não era financeira. Os tapetes eram símbolos do cuidado com a solidão das meninas, que, sem sorte de terem uma colmeia como a que ela construíra, deviam se virar sozinhas para tecer o próprio ninho. Nós cicatrizávamos as feridas das moças com os tapetinhos.

Na transição suspensa da tarde para a noite, depois das vendas na cidade e já de volta à roça, vovó nos punha nas camas, cada uma no seu quartinho. Éramos, porém, muito atreladas a ela. Fugíamos, escondidas, a corrermos para dentro da casa grande, enquanto ela terminava de arrumar a cozinha da janta, e nos enfiávamos no lençol da cama imensa em que ela dormira sozinha por toda a vida. Ela entrava no quarto e se deitava, entre nós, aquele cheiro de alho com sal, alecrim e manjericão, típico seu — típico da mãe de tudo. Era a hora mais perigosa do dia. Vovó nos ensinava, nas noites, a sermos mulheres que sabem usar um ferrão.

A vovó sempre foi muito sozinha, vocês já sabem.

(sim, vovó!)

Mas foi porque os rapazes só queriam entrar na casa da vovó para deixar lá uma semente, depois iam embora.

(semente de quê, vovó?)

Uma semente que parece mel. A semente que deu origem a vocês...

(mas vovó, e a nossa mamãe?)

A mamãe de vocês veio depois da semente, mas a semente primeira veio da vovó.

(é por isso que não teve problema a mamãe morrer?)

É sim. Ela sabia que ia ter a vovó pra cuidar de vocês aqui e foi em paz.

(Hum...)

E vocês sabem por que a vovó vende tapetes?

(não, vovó! conta!)

Porque eles são um ninho. Inventei o serviço para vocês aprenderem a construir uma rede, fio por fio, sozinhas. Porque é isso que fazemos aqui nesta casa: nós aprendemos a ser sozinhas.

(mas, vovó, que medo... de ter medo... de ser sozinha)

Vocês não precisam de medo, minhas filhas. Lembram do ferrão?

(sim sim sim!)

Ele fica aí escondidinho — e nos dava batidinhas no peito com o indicador torto e enrugado. Só sai quando é necessário. Vai proteger de tudo, como os tapetinhos que a gente vende pras moças sozinhas: e vai arder em quem machucar vocês.

Imaginávamos, no sonho, como seria ter esse poder de ter uma colmeia também fora de casa. Saber o que fazer e quando agir sem precisar de a vovó mandar. Receber o dom de espalhar a sina de sermos sozinhas que coletam fios em casa, os organizam em redes e os polinizam em cada moça solitária no próprio ninho. Impedir as sementes plantadas em nós apenas por quem não deseja ficar. Aprender a usar o ferrão: montar a colmeia da vovó na casa dentro de nós, fazê-la justiça.

(mas vovó... e se o ferrão não funcionar?)

Aí, minhas filhas... aí a gente tem que abandonar a colmeia.

FERNANDA GERMANO é escritora e estudante de Medicina da UNICAMP. Nasceu em Minas Gerais e, atualmente, reside em Campinas (SP), onde se dedica a projetos sociais de atendimento em saúde para populações de territórios de alta vulnerabilidade social. É autora de "Cegueiras na Calçada" (Voz de Mulher, 2022) e "Pelas Frestas" (Penalux, 2023). Faz das visões marginais a escrita e da escrita, a vida.

Siga a autora no Instagram:
https://www.instagram.com/fernandagermanno/

PRESENTE DAS ARÁBIAS

Mara Vanessa Torres

— Senhor Álvares, estou dizendo: ela simplesmente deixou aqui e foi embora.

— Quanta asneira, Otávio!

Usando o máximo de controle interior que possuía para não revirar os olhos na frente do patrão, o ajudante fez uma rápida e imperceptível massagem na nuca pela terceira vez. Ele precisava controlar os nervos. Por mais absurdo que parecesse, aquela era a realidade.

— Afirmo para o senhor quantas vezes for necessário: a filha do árabe deixou isso aqui.

— Uma colmeia?

— Exatamente, senhor. Uma colmeia.

Encostada no canto do enorme ipê-amarelo que florescia na entrada da propriedade, uma colmeia vazia chamava a atenção dos dois homens que estavam ali, metidos em suas dúvidas, discutindo aquela possibilidade absurda.

— Por que alguém entregaria uma colmeia vazia?

— Quem sabe, senhor? Cabeça dos outros é terra de ninguém!

Arqueando as sobrancelhas, Álvares fez um sinal para que o ajudante interrompesse o discurso. Habituado ao silêncio quase fúnebre, toda aquela conversação estava beliscando seus nervos. Viúvo há quase três anos, o bacharel foi obrigado pelo irmão mais novo a abrir sua casa para uma reunião íntima em razão de seus anos, evento que aconteceria no sábado próximo. Somente para não deixar o caçula amargurado, Álvares decidiu aceitar.

Herdeiro de um casarão imenso nas terras agrestes do Brasil, Álvares regressara para o país assim que sua esposa falecera. Por dois anos inteiros, as portas e janelas da casa permaneceram fechadas. O bacharel vivia na escuridão e só costumava sair à noite. Seus únicos companheiros eram os livros, uma viola que trouxera consigo na bagagem e alguns charutos. As únicas interações humanas de Álvares consistiam no assistente pessoal, na antiga cozinheira da família e, periodicamente, no velho jardineiro. Miguel, seu irmão mais novo, vinha visitá-lo sempre que as obrigações com a medicina permitiam. Preocupado com a sanidade de Álvares, fora ele quem recomendara, com ares de intimação, a pequena reunião de aniversário.

No entanto, a notícia se estendeu por toda a redondeza, alcançando também as moças solteiras e os pais sonhadores. Aos trinta e cinco anos, sem filhos e com uma boa renda, Álvares era considerado um excelente partido.

Há pouco mais de um ano, um comerciante vindo do Oriente se instalara na região. As pessoas costumavam chamá-lo apenas de "árabe". Casado com uma mulher que vivia sorrindo, o vendedor de tapetes era pai de uma moça em idade de festim. Era sua única filha, a quem ele costumava chamar de "inci". Quando conseguia falar português, ele pronunciava com um sotaque grave "perôôôláááá".

Contando no máximo dezessete anos, a garota vivia usando véu e andava com o rosto quase todo coberto. Ninguém conseguia entender o apego estrito à tradição, já que sua mãe circulava para lá e para cá com o rosto limpo e leve. No entanto, fora aquela mocinha quem mandara a colmeia para Álvares.

— Devolva isso. Que coisa de mau gosto!

Sem contestar a ordem do patrão, Otávio segurou a colmeia nas mãos, carregando-a para os fundos. Nesse minuto quase perdido, um envelope saltou de dentro do que havia sido aquela habitação de abelhas. Testemunhando a cena, Álvares disse:

— Dê-me isso, Otávio.

Ao abrir o envelope dourado, uma letra torcida, traçada com visível esforço, recomendava:

"Coloca casa de abelha em local com luz. Chamar novas abelhas."

Enfastiado, Álvares deu de ombros e lançou a carta ao vento. O viúvo não estava para enigmas ou gracinhas.

Os dias foram transcorrendo até que o sábado chegou. Naquela manhã de setembro de 1887, o sol estava cálido e receptivo. O vento soprava a favor das árvores frondosas, sem esquecer, é claro, das flores pequeninas.

Uma mesa farta esperava os convidados. Dias antes, o bacharel havia sido informado que mais pessoas desejavam se juntar a ele na data de seu natalício. Para não se aborrecer ainda mais, deixou os convites a cargo do irmão.

— Ao diabo, Miguel! Chama lá quem queiras, nada me importa!

Pouco antes das primeiras almas se materializarem em seu reduto, Álvares decidiu dar uma volta pela propriedade. Optou por ir pelos fundos, coisa que raramente fazia. Enquanto transitava pelos cajueiros e umbuzeiros, sua atenção foi fisgada por um zumbido insistente. Procurando a origem do som, o viúvo descobriu, não sem assombro, que havia uma enorme colmeia, repleta do vai e vem de abelhas, pendurada em uma das árvores.

A luz do sol tocou um dos lados da colmeia, fazendo reluzir o corpo das polinizadoras naturais como se fossem pepitas de ouro voadoras. Balbuciando, Álvares repetia para si mesmo:

— Uma colmeia vazia...

Enquanto isso, no interior da casa, quando o número de convidados era suficiente para começar a oferecer canapés e licores, Miguel solicitou a Otávio que fosse procurar o patrão.

— Pelos deuses, onde será que o Álvares se meteu? — O caçula reclamava para o assistente, que já estava se preparando para colocar os sapatos na areia, quando avistou o bacharel adentrar pela porta. Nem mesmo ele ou qualquer um dos convidados poderia esperar a cena que se seguiu.

Sujo de terra e folhas, Álvares trazia um sorriso no rosto maior do que o navio que o trouxera de volta à cidade natal. Sem maiores explicações, ele simplesmente disse:

— Por favor, sirvam-se à vontade. Preciso me limpar, colocar uma muda de roupa nova e... — Sem completar a frase, deu meia-volta e desapareceu como poeira.

Como já dizem as línguas dos profetas e sábios, a vida é cheia de mistérios insondáveis. O paradeiro de Álvares é um deles. Delegando tudo ao irmão, o bacharel nunca mais retornou. Curiosamente, o árabe dos tapetes, sua mulher e sua filha também não foram mais vistos. De um dia para o outro, foram embora levando a casa nas costas.

Nos fundos da propriedade de Álvares, uma colmeia enorme brilhava como o próprio sol, pendurada no umbuzeiro. Margaridas, girassóis e rosas vermelhas cresciam ao redor da árvore, enchendo de perfume e beleza aquele pedaço de terra. Um zumbido incessante de abelhas completava o encanto do quadro natural, produzindo uma sinfonia tão bela quanto uma ópera de amor.

MARA VANESSA TORRES é escritora, jornalista e revisora. Acredita em enigmas, sonhos e em corações bravos, que andam por terras desconhecidas com os pés descalços.

Siga a autora no Instagram:
https://www.instagram.com/maravanessatorres/

VONTADE DE MORRER OU DE MATAR

Kênia Diógenes

Quando saíam todas de uma só vez da plantação de chá pareciam um enxame de abelhas. Pareciam abelhas também quando iam para suas casas nos morros, semelhantes a colmeias de tão próximas e empilhadas e pelo senso de comunidade e trabalho compartilhado. A grande maioria daquelas mulheres era quem provia o lar, algumas eram mães solo, outras mulheres cujos maridos não conseguiam emprego naquela comunidade largada à própria sorte no Quênia. A abelha-rainha era a líder da comunidade e também a que mais apanhava nas plantações, mas diferente das abelhas, ela era a mais trabalhadora, a que mais rendia nas colheitas de chá, talvez por isso nunca tenha sido demitida.

Trabalhar naquelas plantações tinha um peso que as mulheres não estavam dispostas a carregar, mas carregavam. O processo de seleção para ser contratada era simples: o gerente da plantação — um funcionário que cuidava das terras de grandes empresários do ramo de chás industrializados na Europa — convidava a mulher a entrar, oferecia uma noitada com ele (sim, estamos falando de obrigar aquelas pessoas a transarem com ele) e, se aceitassem, começavam a trabalhar no dia seguinte mesmo, caso contrário, era mandada embora.

Os estupros não eram somente ao serem contratadas, aconteciam também se o gerente se engraçasse com alguma mulher, logo ela era convocada, no meio do dia, para uma reunião que todas ali sabiam para que servia. Latifa, a abelha-rainha, cujo nome significava "gentil", tinha apanhado muito por sair em defesa das companheiras. Tentava impedir a todo custo que isso acontecesse, de última hora, inventava uma doença venérea para as companheiras, ou HIV, ou menstruação, mas nem sempre funcionava e, quando era pega na mentira ou quando ela partia para cima daquele capanga armado, apanhava.

Aquele dia era especialmente doloroso pois Niara, filha de Malayka, já com quinze anos e carregando no corpo o viço da juventude recém-formada, foi até a plantação sem a mãe saber para conseguir emprego. A situação das duas era dolorosa, Niara era filha do trabalho da mãe. Malayka (que outrora fora belíssima, mas agora estava acabada de tanto sofrimento e sol na pele), havia sido convidada ao escritório muitas e muitas vezes. Aquele era o único lugar onde a empregavam, se prostituiu desde muito jovem para garantir sua comida e dos seus pais e irmãos, era apontada nas ruas, indigna de frequentar templos religiosos ou momentos entre mulheres. Engravidou na fábrica, deu à sua filha um nome cujo significado é "aquela que tem grandes propósitos" e jurou que a filha teria um destino diferente, era esse o motivo de trabalhar por tantos anos naquele lugar.

Quem avistou a menina foi Latifa, uma das pouquíssimas amigas de Malayka. Latifa disse que, quando viu a menina, ela já estava entrando no escritório do capataz/gerente. Malayka ficou com a vista turva, recordou todas as mazelas que viu seu corpo sofrer desde o tempo da prostituição até os anos de colheita e quase desmaiou. A essa altura, boa parte das mulheres já sabiam o que estava acontecendo e seguiram Malayka até o escritório.

Quando o capanga armado tentou impedi-las, alguém pegou a primeira enxada que viu e bateu no homem que desmaiou.

Apesar de Malayka não ser bem aceita entre as mulheres, todas sabiam o destino de Niara, e todas sofriam a sua dor. Nenhuma presenciou, mas sabiam do medo atroz que provavelmente vivia aquela jovem tão bonita quanto a mãe um dia fora. Elas sabiam da repugnância que ela deveria estar sentindo naquele exato momento, sabiam que não era possível escolher entre aceitar o emprego e ver os seus morrerem de fome, já que o pagamento da mãe não era suficiente para sustentar toda aquela grande família. Sabiam da vontade de morrer ou de matar que passava em sua cabeça. Foi por esse motivo que boa parte das mulheres seguiram Malayka e Latifa.

Quando Malayka entrou no escritório, o gerente já estava com as calças arriadas, tentando forçar Niara a chupar seu pau seboso. Aquilo foi o suficiente para correr para cima do homem com a pá que tomara das mãos da colega e acertar o homem. Foi tudo tão rápido que ele não teve tempo de reagir, Latifa correu logo atrás e deu um chute nas bolas dele, as outras, inebriadas pelo desejo de vingança, foram para cima com socos e pontapés até que, já há alguns minutos sem respirar, Latifa ordenou que parassem, pois estava morto.

Aos poucos, as mulheres voltavam a si, Malayka abraçada a Niara, as outras estavam atônitas sem acreditar no que haviam feito. Latifa e seu senso de praticidade e liderança ordenou que saíssem, cavassem uma cova embaixo dos pés de chá, lembrando de tirar cuidadosamente para serem plantados novamente. Assim fizeram, de forma rápida e colaborativa. Depois de enterrarem o homem trabalharam ainda mais duro para compensar o tempo perdido.

Quando o capanga acordou do desmaio, deu pela falta do chefe, mas viu na plantação que as mulheres trabalhavam dentro da normalidade. Ele gritou, chacoalhou, ameaçou para que elas dissessem onde estava o gerente, nenhuma abriu a boca, mas o olhar delas tinha mudado, não havia medo, também não era ódio, parecia uma espécie de poder com mágoa, de força com raiva. Criaram uma versão de que o gerente avisou que ia sair, o que era estranho já que o capanga "tirava um cochilo no meio do trabalho", e o gerente não havia dito/feito nada. Quando a polícia chegou, ninguém soube dizer o que tinha acontecido e, mesmo a polícia, teve medo do olhar daquelas mulheres. Resolveram, assim, acreditar nelas.

O corpo do homem nunca foi encontrado.

As flores são mais belas onde o corpo está enterrado, ninguém ousaria tirá-las.

KÊNIA DIÓGENES Mulher. Professora, escritora, mãe, feminista, cordelista, trabalhadora, lutadora, ambientalista, ecofeminista, mulher. Começou a publicar seus primeiros escritos já na maturidade dos 40 e poucos anos. Está prestes a lançar seu primeiro livro de cordel com narrativas fantásticas sobre o universo feminino. Já publicada na Revista Samsara nº 8 (Útero). Leitora e amante da arte escrita, precisou vomitar em palavras as insatisfações sociais que cerca sua existência e a existência dos outros. Inconformada, mas eternamente esperançada. Esperancemos.

Siga a autora no Instagram:
https://www.instagram.com/keniadiogenes/

PELAS ABELHAS, POR NÓS

Elaine Perez

Matilde é bióloga e vegana. Sua filha, Ana Claudia, tem treze anos, é vegetariana e adora plantas e animais. Hoje, ao chegar da escola, trouxe como assunto na hora do almoço as abelhas.

— Você tem razão em defender as abelhas. — A menina foi logo falando e demonstrando disposição para uma longa conversa.

— Como assim, filha? — Matilde se ajeitou na cadeira para se deliciar com a prosa.

— Eu sou doida por mel de abelha, você sabe disso.

— Como sei. E daí?

— Daí, eu tenho pensado sobre deixar de consumir.

— Nossa, me pegou de surpresa.

— Vi suas postagens com informações sobre a morte das abelhas. — Ana Claudia falou com uma dorzinha no peito.

— E aí, o que você pensa a respeito das postagens?

— Eu gostei de todas as informações.

— Estou me achando.

— As abelhas são incríveis, preciosas, e, como você sempre fala, abençoadas. — Os olhos da menina brilhavam ao falar.

— Conte mais. — Matilde saiu da mesa e foi se esparramar no sofá. A filha se aninhou junto a ela e continuaram a conversa.

— Elas são as mais rápidas no transporte, nessa coisa de polinizar.

— Elas são, super — falou a mãe.

— Vão dançando em ziguezague e transferem o pólen para a parte feminina da planta — Ana falava e fazia o movimento com o corpo.

— Isso mesmo, elas fecundam as flores, contribuem com os frutos, as plantações dos legumes, de grãos. — A bióloga e mãe encarnou com tudo na conversa.

As duas se uniram na admiração pelo inseto, e a mãe riu de satisfação.

— Como pode, né mãe, com toda essa importância e parece que estão querendo acabar com elas?

— Eu não desisto de lutar.

— Pura maldade o montão de veneno jogado nas plantações. — Ana até se levantou enquanto falava.

— Sim, filha, é um exagero o tanto de agrotóxicos e pesticidas despejados nas plantas.

— Eu não entendo muito disso.

— É tudo para acelerar o crescimento e aumentar o lucro, mais e mais. — Agora a mãe se levantou e foi pegar um copo de água.

— As coitadas das abelhas estão morrendo envenenadas. — A filha, como se por reflexo, foi atrás.

— Morrendo aos montes. É pura violência. Os venenos em excesso prejudicam nossa saúde, interferem na polinização e nas formas de vida do planeta. — Nesse momento, o ímpeto de Matilde como defensora e militante da vida tomou conta, e a mãe amante da natureza continuou.

— Filha, você entende quando eu falo de tudo estar interligado?

— Sei lá, acho que sim. — Ana Claudia pensou na internet, no grupo da turma da escola, nos rolos, nas confusões dos adolescentes e nos combinados entre eles.

— O que fazemos, as nossas escolhas não interferem somente em nossas vidas. — A mãe voltou a sentar à mesa.

— Não mesmo. Quero falar mais sobre as abelhas. — Ana arrastou a cadeira em frente e continuou.

— Muita coisa das postagens eu já tinha aprendido na escola. Mas agora me interessei mais sobre o assunto.

— Nossa, estou adorando. Continue.

— Achei demais imaginar as colmeias. Não é legal? — Matilde concordou e deixou a menina falar.

— As abelhas têm uns dois centímetros de tamanho. — Ana mostrou com os dedos. E continuou.

— Têm duas antenas na cabeça, dois pares de asas e uma linguona para sugar o néctar das flores. — Falou e gesticulou. As duas caíram na risada.

— As abelhas são bem diferentes de nós, mãe. Elas são organizadas. — Foi um riso só.

— Nossa, é demais. Nas colmeias, tem rainha, princesa, operárias e o senhor Zangão e tem sei lá quantas mil abelhas.

— Muitas mil, filha.

— Triste foi ler sobre a produção do mel, meu adorado mel. Uma das suas postagens fala do aumento dos produtores.

— O assunto é delicado e controverso, filha.

— Esse monte de criadores provoca o aumento e a quantidade de abelhas, aí elas acabam competindo e morrem de fome. Coitadas! — Ana não sabia desse fato. Isso pegou a menina.

— É muito triste. As pessoas desconhecem isso. — Matilde deu prosseguimento à sua fala.

— E tem mais, a produção de mel pode ser desenvolvida com atitudes bem cruéis. Muitos fazem o uso excessivo de fumaça para manuseio das abelhas.

— Mãe do céu, eu li isso. As abelhas ficam tontas e na zonzeira um montão delas acaba morrendo sem ar e queimadas. Como pode? — Os risos das duas nesse momento foram embora e ambas estavam com um nó na garganta só de imaginarem a cena.

— Filha, você viu sobre a extração dos favos de mel?

— Vi alguma coisa. Na hora de tirarem o mel os produtores acabam esmagando uma porção de abelhas.

— Pois é. Existe o procedimento de inseminação artificial com seringa. É feito na abelha-rainha e aí matam os zangões para a extração do sêmen. — A mãe foi explicando.

— Misericórdia! — E a filha montando o cenário na mente.

— E não acaba aí, tem algumas situações em que pegam as rainhas que já não estão produzindo o suficiente.

— O que fazem com elas?

— Matam essas rainhas e depois grampeiam elas na colmeia.

Ana Claudia levantou da cadeira e começou a andar para lá e para cá.

— Dessa maneira, as rainhas mortas não abandonam o reinado. Tudo para aumentar a produção.

— Nossa, mãe, parece filme de terror. — A menina sentou novamente com as mãos na cabeça.

— Terror é pouco. Tem outros atos cruéis, mas vou parar por aqui.

— Como não ficar triste com tudo isso? — Matilde encheu a caneca com chá de erva doce.

— Depois dessa desgraceira vou me unir a você na luta.

Ana falou imaginando sua perda. A gula e o prazer em lamber o mel da colher. Nesse dia, deu o vidro cheinho de mel para Dona Amélia, vizinha do lado direito.

Ana Claudia, a partir desse dia, vegana, adora plantas, animais e abelhas.

ELAINE PEREZ, nascida em Sorocaba/SP. Educadora aposentada, pesquisadora das infâncias, escritora e compositora sorocabana. Escreveu as obras: *Caminhos Poéticos de uma educadora, Estudo poético da Mediunidade, A pedra dos meus olhos, Artmada, Na rede eu conto*, um dos livros premiados no concurso literário de 2023, promovido pela Secretaria de Cultura de Sorocaba e o livro *Floral*. Participou de antologias de poesia e contos. É integrante do Grupo o Ato de Escrever, do Coletivo Escreviventes e participa das oficinas e da mentoria com Mell Renault.

Siga a autora no Instagram:

https://instagram.com/elaineperezfo?igshid=NTc4MTIwNjQ2Y Q==

PETRISSA

Luiz Fernando de Oliveira

No Princípio, criou-se ela a si mesma, não antes de criar o outono para habitá-lo, estação que seria a sua favorita: obviamente, ela fez tudo para satisfazer os próprios desejos... Desejos que ela também quis sentir, autora de tudo, como foi. Fez-se rainha. "¿Mas, por que preferes um outono e não uma primavera?", poder-se-ia perguntá-la, e sua resposta já estaria pronta:

— As flores ficam mais coloridas quando ocupam um universo acinzentado. — Flores que ela também criou.

Antes mesmo do Nada, somente a sua inteligência existia. Ausência total de tempos e espaços, os Primórdios foram preenchidos de latentes prazeres, prestes a serem gestados, a fim de serem saciados. A Criadora planejou e executou uma obra sedenta de toda e qualquer umidade que lhe aplacasse as chamas, para depois reacendê-las e apagá-las, abrasá-las e sublimá-las, num ciclo permanente de ausências-presenças. E ela inventou o amor e a beleza, construiu um pote de formato hexagonal e ali guardou a ambos, aquecidos e acarinhados.

De volta às origens, como dito, criado o outono com todos os seus cinzas, ela fez a terra, ainda seca de rachar, com a garganta aberta para um céu inexistente. "Faça-se a luz", e a luz ricocheteou no grisalho da estação, avermelhou a terra, levou a sede a extremos de sequidão. "Venha a água", e as chuvas vieram, mesmo antes das nuvens: a terra seca recebeu a água formando agradecidos minivulcões, semelhantes a botões de pó, simétricos, que em vez de flor se tornaram barro. E do barro ela se fez, plasmou-se de algo maleável e quebradiço; dureza alguma seria capaz de impedir seu desmanchar-se permanente em novas formas, plenas de afetos inéditos — ainda que o nome que ela se deu possa sugerir o contrário.

Seu corpo terroso recebeu o sopro da vida, vindo de dentro dela mesma. Passados os primeiros instantes — ¡sim, quase simultaneamente o tempo foi criado! —, ela se pôs a lapidar-se: preencheu-se de carnes vermelhas e de uma pele luminosa, feita sob o molde de uma beleza cuja noção ela também criara. Fez-se ideia e coisa num só instante. Logo depois, um plano:

— ¡Vou unir uma porção de hexágonos de cera e vou morar ali, junto com criaturas amarelas aladas que me alimentarão com a sua doçura e me protegerão de qualquer mal: minhas guardiãs de açúcar! Minha casa há de se chamar colmeia.

(Uma observação: pode parecer estranho que ela tenha criado males, mas até eles foram pensados; ela os inventou, um a um, só para ter algo de que pudesse zombar. O projeto foi o de colocá-los todos a observar o bem, sem poder acessá-lo. O escárnio constante era necessário para o equilíbrio de sua balança.)

E o mais que existiu pela obra de suas mãos foi belo: os pluriversos, com tudo o que eles abrigam. A humanidade criada era, de fato HU-MA-NA, sem nenhum sinal de espiritualidades que a anulassem ou de pudores injustificáveis. Animais e plantas e pedras adornavam seu mundo sem pecado e sem morte. Faltava a ela, porém, nomear a si mesma, antes que outrem o fizesse, engessando-a no intuito de dominá-la: optou por Petrissa, mas poderia ser Lina, Catula, Flora, Diana, Paloma... Petrissa lhe soou melhor.

Pronta a Criação, nada de descanso. Chegara o momento de novos gozos.

Deliciou-se com todos os seus dedos, fez-se presença na cama de todas as imortais, saciou-se também com os homens e, quando sentia vontade, tornava-se também um, ela mesma, realizada em um ser que era ele-ela, amante sem freios, sem desculpas, sem pretensões. Todos os sabores acariciavam seus lábios, todos os toques eram irresistíveis, qualquer cansaço se ornava de um sorriso umedecido.

Quando ela queria, desfazia-se de seu elemento mágico e se mostrava como criança, louca para sujar os pés na lama das enxurradas. E isso também era alegria completa, ainda que algumas lágrimas parecessem entristecer seu rosto.

A Criadora tudo fez e provou, e, quando viu que tudo era bom, criou a única coisa que faltava: uma Deusa que regesse a criação. Construída a Deusa, deu a ela a força das mulheres que desejam e que amam, a verdade dos homens que ao lado delas lutam e o olhar esvaziado de qualquer severidade que assuste. Liberdade, assim a Deusa foi chamada. ¡Ah, as criaturas aladas! Elas também faziam a corte dessa divindade-fêmea. Feitas nuvem, elas a rodeavam com seus sons e seus sabores. Receberam até um nome: Anthophilas, amante das flores (palavra de uma língua que seria inventada, por meio da qual as criaturas filosofariam).

Enfim, construída a Divindade Libertadora, Petrissa pôde descansar — só até o momento que quisesse, mas também por toda a eternidade.

Fez-se noite, nova manhã: isso aconteceu em um dia desses.

Sobre o Autor

LUIZ FERNANDO DE OLIVEIRA, nascido em Lavras, Minas Gerais, no ano de 1981, é professor da Rede Federal de Ensino. Contista, cronista, poeta e pesquisador, é autor de obras literárias e acadêmicas, publicadas em formato de livro e em periódicos nacionais.

Siga o autor no Instagram:
https://www.instagram.com/luiz.fernandodeoliveira

RECAPITULANDO

Luciana Moraes

Naquela manhã, comecei a compor meu novo diário poético. Um dia chuvoso estava por vir. As palavras queriam ser solares, recompondo a labareda da memória. Como conseguiria?

... & apreendo a trajetória do voo de uma abelha. Assim, vejo crescer a importância daquilo que, na cidade, esquecemos. O tempo que perdemos nos esquecendo de assoprar nossas asas. O tempo que leva para lembrar sobre o calor presente na invenção do olhar; detalhes mudos que criam um mundo. Cenas da cidade, poemas sujos nos ralos, flor misturada com embalagens. O tempo que temos para deixar a palavra com gravidade de exposição. O tempo que leva para cada uma, palavra-nua, cair no chão. Da sala de estar. E acontecer a vivificação de cada uma: palavra como a flor-desejo de um cão sem plumas. Dançando no curso do rio. Rio magnetizando nosso olhar. Invadindo. Corte de rio verbal, cão desejante, nos lamaçais. Infiltra o corpo, os poros de quem o toca, mesmo que só na ideia agora.

Se perco mais um tempo dialogando com ele, chego à sua fonte e observo como ganho grandeza no desconhecimento. O silêncio dá luz às montanhas, na pluralidade de sentidos sem direção. Aprendo a estar na zona: talvez a plumagem seja força do ocaso: como a pedra tocada pelo ser mitológico: Pegasus em movimento: ele, em si, uma rocha movediça com asas, breu solar que agilmente se reparte: sua energia cria a fonte: incessante elã animal: devir-sonho: na viatura da luz da manhã: anotações sem cessar o espanto: o diagrama do verbo lapidado por sua inspiração: desenhado na memória, em hieróglifos longínquos que voam: que agora se lançam nas nuvens para a tinta da chuva por vir: o espaço aéreo de um dia ainda: a penumbra na escrita pulsa com o latido das horas vagas: no conto do desencontro: nuvens densas passeando com gaivotas cintilantes: deve haver no céu um outro espaço pelo novo tempo engendrado: pelo mel do sonho: no estado-colmeia (no dia interior no recanto de nós): após a chuva: E no abismo de nós / Havia sol e mel

justo: território:

recém-criado.

LUCIANA MORAES (1993) é poeta, tradutora e revisora, graduada em Letras (Unirio). Integra a equipe "Fazia Poesia" e o coletivo "Escreviventes". Participou da "Oficina Experimental de Poesia" (RJ). Tem poemas em revistas como "Mallarmargens", "Cassandra", "Torquato" e "Letras Salvajes". Presente em diferentes projetos, como "Versão brasileira: a voz da mulher" – coletânea digital de poesia (2023 - RJ) – e "Coletânea Off Flip de Literatura – Poesia" (2023). "Tentei chegar aqui com estas mãos" é seu livro de estreia.

Siga a autora no Instagram:
https://www.instagram.com/lucianamoraes750983/

AS ABELHAS E AS FLORES

Thais Faustino Bezesrra

Na floresta encantada, toda manhã, as abelhas saem da colmeia e voam em busca de pólen e néctar. Certo dia, ao saírem, perceberam que as flores da floresta encantada estavam murchas e tristonhas pela falta de chuva há muito tempo. Elas conversavam entre si e não sabiam o que fazer para mudar a situação.

Então, a abelha-rainha falou:

— Vamos ao rio buscar um pouco de água e regar as flores, cada uma deve pegar pequenos baldes de cera e dirigir-se para lá.

Mas o rio estava seco, porque a represa de água estava entupida com galhos das árvores. E, mais uma vez, a abelha-rainha falou:

— Vamos buscar nossas ferramentas na colmeia e fazer uma limpeza para a água passar.

E assim elas fizeram e a água chegou: abasteceram seus baldes de cera e foram regar as flores na floresta. Mas, mesmo com a rega, as flores continuavam tristonhas, e as abelhas ficaram olhando aquilo por um bom tempo. Se pronunciou a abelha-rainha:

— Minhas queridas abelhas, as flores ainda estão tristes porque perderam muitos nutrientes pela falta de água. É preciso adubá-las com vitaminas, mas, nessa época do ano, é impossível encontrar na floresta. Precisamos juntar galhos de árvores e folhas secas, voltar à colmeia, adicionar mel e produzir uma vitamina para as flores.

Então, as abelhas pegaram galhos de árvores e folhas secas e seguiram a rainha até a colmeia. Chegando lá, juntaram tudo ao mel e começaram a produzir uma vitamina. Ao final, as abelhas saíram com a vitamina em direção às flores.

Chegando lá, a abelha-rainha deu o comando:

— Vamos adubá-las com amor e embalá-las com uma bela canção.

E assim fizeram em cada flor e voltaram para casa. No dia seguinte, foram ver o que tinha acontecido com as flores vitaminadas. Chegando lá, viram as flores belíssimas, cheias de vida e muito alegres. As abelhas gostaram de ver aquilo e ficaram muito felizes. Então, colheram o pólen e o néctar, de volta à colmeia. Estavam muito felizes.

THAÍS FAUSTINO BEZERRA é coordenadora e idealizadora do Projeto Educativo e Inclusivo: Cantinho da Dislexia (@cant.inhodadislexia). Gosta de apreciar os presentes de Deus, ama escrever contos e viver com gratidão! Obrigada, Deus!

Siga a autora no Instagram:
https://www.instagram.com/escritadagirassol/

FIOS E LINHAS TECEM NOSSAS LEMBRANÇAS

Charles Pena Saraiva

Uma frase perdida me veio à mente quando vi um vestido com losangos enfileirados da época de minha mãe.

"Se ser mãe é padecer no paraíso, a mãe dessas crianças deve ter uma cadeira cativa no céu; ela lembra uma abelha com tantas crianças assim." Impactou profundamente minha vida.

Beirava os dez anos, não sei precisar muito bem, sei que me era incompreensível a responsabilidade da minha querida mãe em criar os filhos.

Lembro-me de vê-la andando cabisbaixa, esperando que o sono viesse beijar-lhe a testa durante várias madrugadas amarrada à máquina de costura, tendo como fundo musical o ronco de meu pai.

Pedreiro e músico que saía a viajar pelo Brasil, mais especificamente o interior de Florianópolis, trazia sempre junto à cintura a bainha vazia e no ombro o violão caipira.

Suas músicas rodavam a vila onde morávamos e, vezes sem conta, aproveitava as comemorações de seu casamento para encher a casa de viola, músicos, sanfonas, pandeiros e vozes de todos os matizes possíveis.

Sua maior alegria era varar a noite, e minha mãe precisava parar sua máquina, juntar as crianças e ir para o quarto dos fundos, onde ficávamos escondidos e amontoados em volta da nossa rainha.

Lembro-me que ela costurava muito mais do que camisolas e calças, criava blusas que transmitiam a alegria que era estar ali, no meu mundo, observando o vai e vem da agulha na máquina.

Era uma sinfonia de silêncio e barulho, o desejo de gritar para que mamãe pudesse finalmente descansar, em contraste com o vozerio de meu pai e sua viola na sala, quando ele estava em casa.

Enquanto ouvia o vai e vem do motor, eu alçava voo como uma pequena abelha abençoada pelo néctar das flores para o mundo dos sonhos. Mas, ao voltar, encontrava-me estendido no tapete, rodeado por fardos de roupas recém-costuradas.

Mesmo com o perfume vencido pelas horas despendidas na mesa de corte e costura, eu sentia o cheiro, a fragrância de mãe que ela exalava.

Ainda consigo sentir nos quartos da minha mente, aquele perfume, cansado, ferido, com fibras escorrendo e balançando com os chicotes de ar que vinham da janela de vidros quebrados, presa por um arame velho e retorcido.

O cheiro me abraça e me leva de volta para aquele tempo tão precioso e esquecido na memória, num multiverso pequeno que cabia na palma da mão.

Lembro-me de ver em algumas roupas um losango perfeito da tinturaria, mas, somente depois dos meus treze anos, é que aprendi o significado daqueles losangos simétricos e sua relação com abelhas e colmeias.

Penso no mel escorrendo das paredes como as bobinas de pano escorrendo pela máquina de costura, pronto para ser transpassado pela tesoura dela.

Agora, ao pensar naqueles dias, vejo o quanto minha mãe era a rainha daquele lugar.

Dormia pouco e acordava cedo para nos colocar na escola.

Seus onze filhos eram como se fossem um batalhão de minúsculas abelhas, prontas para saírem perambulando pelo bairro, prontos para picar e aprontar nas casas da vizinhança.

Ainda consigo ouvir a vizinha rindo de sua sina, tendo onze filhos e sem saber quais problemas eles gerariam para ela no futuro.

Desde então, o losango faz parte das imagens escondidas nas reminiscências da minha mente, formando um emaranhado de casas, símbolo petrificado esquecido por todos.

Penso que meus irmãos nem se lembram desses dias, ou melhor, dessas noites. Eles tinham o hábito de ir dormir depois da janta ou sair para brincar na rua até que o camburão da rota surgisse com sua sirene pondo todos para dentro.

Minha mãe ia se ajustando aos desafios da vida, de vez em quando recebia flores murchas, e assistia a penitentes abelhas darem rasantes em volta das ressecadas flores. Todas em busca do néctar, do pólen, e ela gritava para mim "vem ver que coisa mais linda!" e sorria. Eu bebia ali de suas alegrias e de seu sorriso.

Tudo regado ao soluço renitente de cada dia, cada noite, com ela era como estar em outro lugar, perdido em outro reino, num universo de sensações e observações.

CHARLES PENA SARAIVA é um servidor público, pai, marido e escritor nas horas vagas. Sua paixão pela escrita despertou desde tenra idade, quando aos sete anos ele começou a escrever contos de ficção científica sobre a lua, Marte e outros planetas. Nascido na cidade de São Paulo, ele transita entre contos ficcionais, poemas, poesias, crônicas e contos de ficção científica, sendo essa última uma de suas grandes paixões.

Siga o autor no Instagram:
https://www.instagram.com/charlespsaraiva/

NÓ

Thaís Velloso

Ele era caseiro. Deixava a fazenda toda em ordem, não reclamava do trabalho em excesso, nem do pouco que recebia. Fazia de tudo, regava as plantas, dava de comer aos bichos, cortava a grama, colhia os alimentos, pegava as frutas para pôr sobre a mesa da cozinha, mas gostava mesmo era de pescar. Acostumara a acordar cedo, tomar café sem açúcar e, uma vez na semana, andar até a beira do rio para voltar com os peixes.

Numa dessas manhãs, recebeu a ligação da filha: passei em um concurso público, pai, viajo em breve, tenho que preparar documentos, comprar passagens, estou tão feliz, muito obrigada por tudo que o senhor fez por mim, quero muito te ver, te dar um abraço, vou te enviar uma passagem para que o senhor venha até minha casa antes de eu ir, faço um almoço pra gente, aquela lasanha que aprendi com o vô, temos que comemorar.

Na metade da fala da filha ele se assustou ao perceber o próprio choro, e enxugou os olhos envergonhado, ainda mudo, sem saber o que dizer. Não se achava tão importante assim, ela é que tinha estudado, feito carreira respeitável, de gente sabida. Cuidar da menina era o mínimo que poderia ter feito: não tinha certeza se cobri-la com o lençol nas noites de frio, deixar de comer para que ela não ficasse com fome ou caminhar por mais de meia hora para levá-la ao colégio eram atitudes heroicas, merecedoras de tanto reconhecimento. A vida quis assim, não havia outro jeito, ele só cumpria o que as circunstâncias solicitavam.

Que orgulho, minha filha, parabéns, que bom te ver feliz. A voz embargou, mas não deixou de pronunciar todos esses vocábulos tímidos, acostumados a pairar em pensamento, mas não a ser lançados pela voz. Disse que iria atrás de uma folga, trabalhava muito, a fazenda estava toda em ordem, arranjaria dois dias livres com o patrão, nem que tivesse que ser descontado. Desligou o telefone e foi varrer a varanda, queria ficar na frente da casa porque não demoraria muito para seu amigo, caseiro da chácara ao lado, aparecer. Os dois iriam pescar, tinham combinado de passar a manhã no rio, a época era boa e ganhavam um dinheiro extra na venda dos peixes, trato feito com os donos das propriedades.

O outro caseiro chegou na hora marcada. Caminharam como se fizessem um passeio, carregando os instrumentos de pesca e conversando. Contou da filha para o amigo, com esforço para manter presa a lágrima, disse que viajaria a seu encontro, que sentiu a voz dela alegre, terna, carinhosa, satisfeita com o rumo que tinha traçado, ainda que em meio a algumas barreiras. Você sabe, né, o desemprego que ela suportou, o casamento que ruiu, a morte precoce da mãe, tudo isso me preocupava muito também. O amigo concordava, participara de longe de todos esses momentos, ouvira todas as histórias atento, buscando consolar quando lhe vinham à mente palavras bonitas, feitas para atuarem apenas como complemento ao silêncio.

Chegaram à margem, onde ele deixava a canoa à espera para quando quisesse pescar do outro lado. Tinha aprendido a amarrar a canoa na árvore quando era menino, herança de família

— sempre recordava o pai quando dava o nó. Não conhecia todas as gerações anteriores, mas ficava comovido ao pensar nelas, em quem havia cuidado de seu pai, em como era o avô que ele não chegou a conhecer. Segurou firme na corda, prendeu uma das pontas na canoa e puxou a outra até o tronco do enorme pé de jaca próximo à margem. Notou que havia uma colmeia pendurada na árvore, escondida sob grandes folhas, e preferiu amarrar a corda em um tronco mais afastado, comentando que trabalhar durante anos no mato tinha lhe dado a sabedoria do risco que é um possível ataque de abelhas.

O amigo, de costas, ajeitava o anzol e, embora concordasse, lembrando até de um caso com um conhecido que foi picado pelo inseto e parou no hospital, pensava mesmo era no assunto que os dois tiveram enquanto andavam até o rio. Muito quieto, sempre econômico na fala, naquele dia resolveu confessar: tinha ficado mexido com a história que ouviu, com as palavras que a filha falou pro pai e vice-versa, começou a tentar explicar o porquê e não aguentou, acabou chorando, de uma maneira que o outro não esperava.

Depois de soluçar, conseguiu falar: tenho também uma filha, tá aí pelo mundo, não sei se viva, se morta, se terminou estudo, se teve ou não teve criança. Fugi quando ela nasceu, desesperado desde que me disseram que eu ia ser pai, mas essa falta que eu sinto, esse erro meu me deixa amuado toda vida. Ouvindo você, tive vontade de ir atrás dela. O problema é que não sei se mexer nessa história é o mesmo que cutucar uma colmeia ou mergulhar nessa água tão limpa. Mas vamos deixar esse assunto pra lá que daqui a pouco a gente não pesca é nada.

THAÍS VELLOSO é professora e pesquisadora. Doutoranda e Mestre em Literatura Brasileira (UFRJ), foi premiada pela Academia Carioca de Letras em 2016. Tem contos e crônicas publicados em coletâneas e antologia do Selo Off Flip e na revista literária Contos de Samsara.

Siga a autora no Instagram:
https://instagram.com/vellosothais/

UM MEL AMARGO

Marina Grandolpho

Doeu pra cacete a picada. Nem vi o momento da ferroada. Conversava com uma amiga, gesticulando com o braço. Talvez tenha sido brusco o movimento. Uma abelha suicidou-se ali, deixando o amargo do ferrão, pensei. Ardeu, ficou vermelho e inchado. E aquela dor me transportou para a última vez em que eu havia sido picada por uma abelha. Me lembrei, sobretudo, de como isso mudou minha relação, por assim dizer, premonitória, com o mel.

O lampejo foi do dia em que estávamos todos, minha família, amigos e eu, num clube de campo. Fui picada bem na barriga. Latejava. Fiz o escândalo de sempre. Meu pai tentava me acalmar. Sem resultados. Ainda assim, conseguiu extrair o ferrão. Depois pressionou o local, enrubescido e já protuberante, com um saquinho improvisado por meio de um pano de prato enrolando cubos de gelo. Enquanto ele tratava da pele levemente perfurada, me contava que aquela abelha morreria. Eu nunca te contei que as abelhas picam para defender sua comunidade? Toda vez que elas deixam seu ferrão em algum organismo partem desta para a melhor. E continuava a história sobre as abelhas com o nítido intuito de me distrair. O sucesso era certo: eu o ouvia atenta e admirada, até esquecia da dor.

Fiquei perplexa ao descobrir que membros de uma colmeia podem se suicidar com frequência para se defenderem. Achei triste, mas bonito. A partir daí me peguei pensando por qual razão precisávamos consumir o mel que era produzido pelas colmeias. Comecei a ver aquilo como uma injustiça, sacanagem. E, com o tempo, parei de aceitar o mel que me era oferecido em casa, durante as refeições.

Essa abundância do alimento era justificada pelo fato de um amigo do meu pai ser apicultor. Cada vez que ele nos visitava ou que nós íamos até seu sítio ganhávamos um vidro de mel. Era puro, às vezes até cristalizava. E, a fim de evitar tal processo, levávamos mel de presente para minha avó, porque, a depender da frequência que nos víamos, não conseguíamos consumir todos os vidros presenteados, que, além de cristalizar, atraíam formigas.

A última visita entre amigos foi na chácara da minha família. Na ocasião, eu estava completando dez anos e meus pais decidiram fazer uma festa. Todos os familiares e amigos foram convidados, inclusive o apicultor, que, como de costume, nos levou um vidro de mel, além de um presente que, mais tarde, doei para caridade. Nem vi quando ele chegou, pois deixou o meu embrulho com papai e foi direto para a casa da chácara, para guardar o mel que trazia consigo.

No entanto, houve um momento da festança em que fui até a cozinha que ficava dentro da casa, onde minha mãe armazenava as bebidas extras em um freezer mais moderno e que era um pouco distante da varanda onde celebrávamos. Meu pai havia pedido que eu buscasse mais cervejas lá dentro, até me entregou uma sacola para que eu acomodasse meia dúzia de latinhas.

Quando cheguei no primeiro portal dentro da casa, já ouvi os gritos de minha mãe. Como a música estava alta, não dava para ouvir lá de fora. Me apressei e, ao chegar lá, o apicultor tentava beijá-la, enquanto mamãe girava o rosto para lá e para cá. Não pensei duas vezes. Avancei naquele homem e abocanhei seu antebraço direito com toda a ferocidade que contive ao longo de minha primeira década.

Me senti meio abelha defendendo sua colmeia. Não morri para salvar ninguém, porém morreria para salvar a minha mãe. Os dentes permanentes perfuraram a pele do sujeito e um pré-molar de leite, já amolecido, ficou meio enterrado por ali também. A minha gengiva sangrava e nem sei dizer se era pelo dente recém-caído ou se pelo ferimento que provoquei. Lembro, como se fosse hoje, do gosto excessivo de ferro que tomava conta do meu paladar.

Ele gritou, me empurrou e em seguida soltou minha mãe, que correu chorando para o quarto, envergonhada com a situação — como se ela tivesse qualquer motivo para ter vergonha. Eu sei que a culpa não foi dela. Eu vi. E, mesmo que não tivesse visto, jamais a culparia. Era minha mãe. Meu pai chegou praticamente no mesmo momento, como que pressentindo. Não foi por conta do barulho, porque a música ainda estava alta, mas ele estranhou minha demora e o sumiço dos dois, da minha mãe e do apicultor.

Quando chegou no cômodo e se deu conta da cena, não soube a quem socorrer primeiro. Optou por limpar minha boca, que àquela altura havia sido tingida pelo sangue escorrendo. O amigo, ao ver meu pai, sorriu dissimulado, puxou o dente cravado no antebraço, atirou-o no chão, agarrou o avental que minha mãe usava, limpou os fluidos de saliva e sangue que se destacavam em sua pele branca, deu um tapinha no ombro do meu pai e se retirou, debochando: De que adianta dar mel a fêmeas tão amargas?

Nesse dia, não chorei nem fiz escândalo. Me senti uma abelha protetora — e vivíssima. Fui para um dos quartos, terminei de me limpar e busquei minha mãe no banheiro da suíte. Quando adentrei o recinto, ela já estava recomposta — linda, só que os olhos haviam perdido o brilho costumeiro. Voltamos juntas para a festa, acompanhadas de meu pai, que nos esperava na cozinha, sem entender nada. Comemoramos, por fim, meu novo ciclo.

Depois que todo mundo foi embora, contamos ao papai o que havia ocorrido e concordamos que ninguém mais consumiria mel naquela casa. Substituímos o mel pelo melaço de cana, que mamãe decidiu plantar em nossa chácara e que se tornou parte de nossa renda por um tempo. Nunca mais vimos o tal apicultor. Meu pai fez questão que passássemos uma borracha na sua existência e até pensou em denunciá-lo. Minha mãe não deixou, disse que se sentiria exposta. Anos depois, soubemos pela rádio-peão da cidade vizinha que um acidente tirara a vida do infeliz. Não foi picada de abelhas, mas bem que poderia.

MARINA GRANDOLPHO, nasceu em Catanduva, SP, e atualmente vive em Campinas, também SP. Formada em Letras pela UFSCar e doutora em Estudos Literários pela Unesp, é professora e escritora, além de mãe e feminista. Possui textos publicados em revistas e portais literários e em sua newsletter, "devaneios.com". Em 2022, publicou a zine independente "Por debaixo da carne sou palavra" e, recentemente, publicou "Maquinário feminino e outras conversas" (Editora Patuá), seu livro de estreia.

Siga a autora no Instagram:
https://www.instagram.com/marinagrandolpho/

A INFIDELIDADE DE JORGE

Anne Marie Kittel

Pelo aplicativo, Jorge manda uma mensagem à Lara, dizendo que quer encontrá-la, pedindo-lhe que ela vá à sua casa.

Lara acredita que ele está fazendo troça e, de uma certa forma, brincando com seus sentimentos, pois ela sabia que a esposa de seu namorado estaria em casa àquela hora da manhã e, claro, aquela era uma zona proibida para ela.

Como ela não responde a suas mensagens, Jorge liga para o seu celular e com uma voz um pouco contrariada, pergunta porque ela não respondeu seu convite.

— E por que deveria? Você só pode estar de brincadeira!

— Claro que não, responde Jorge, estou te esperando. A Sônia saiu com as crianças e só volta de tardezinha! Vai passar na minha sogra, levar os meninos no cinema, passar no Shopping, enfim, temos a casa livre, só para nós dois!

Lara pega suas coisas e vai até a casa de Jorge, que, ao atender a porta, começa a agarrá-la, como se não a visse há meses! Isso a deixaria muito feliz tempos atrás, mas não mais. De qualquer forma, o convite soou um pouco perverso.

Quanto mais ele investia em beijos e abraços, mais ela se esquivava, como se já tivesse sido bastante humilhada àquela altura! Ela refletiu e percebeu, que, se fosse um ano antes, essas investidas, esses arroubos, essa urgência de Jorge, em tê-la, a deixaria estourando de felicidade, como a de alguém que sabe que é correspondido em seu amor.

Talvez ela começasse a perceber que o que ela acreditava ser amor era apenas um tipo de emoção diferente, que ela não conseguia bem determinar. Mas, estando lá, na casa de seu parceiro de anos, na casa onde ele vivia com a esposa, que não imaginava estar casada com alguém que a traía há tanto tempo, começou a trazer à tona uma série de sentimentos que a deixaram muito desconfortável, com vontade de sair pela porta correndo, se possível voando, para que ninguém conseguisse alcançá-la.

De repente, Jorge dá um salto e fica branco, quase desfalecendo.

Eles escutam a voz da esposa, que precisou voltar à casa, pois havia esquecido a bombinha de asma do filho mais velho.

Para Lara, no entanto, ela parecia mais com uma abelha-rainha, afirmando sua posição na colmeia. Mas a amante não tinha intenção de lutar por nenhum reinado.

Jorge corre para a escada, rumo ao andar de cima e se tranca no quarto, deixando Lara plantada no meio da sala, com o cabelo um pouco desalinhado e com a blusa meio aberta.

Lara se recompõe e sem coragem de encarar a esposa de Jorge, olha para o tapete da sala e vai seguindo com os olhos todo aquele motivo desenhado, que parecia um amuleto, ou coisa parecida. Pensou ser aquele um símbolo contra mau-olhado. Que ironia, ela não precisava passar por tudo aquilo!

Sônia quebra o silêncio e diz:

— Eu sei quem você é, colocando sua aliança na mesa de centro.

Ela não disse mais uma palavra, mas Lara quase que pode ouvi-la dizendo:

— Se você quer esse homem, pode ficar. Eu o deixo para você.

Lara olha para aquela aliança e sente uma certa dignidade em Sônia, o que a deixa ainda mais envergonhada! Ela constata que jamais colocaria aquela aliança em seu dedo. Era uma oferta que ela deixaria passar.

Sai da casa de Jorge e avista as crianças no carro, juntamente com um belo rapaz, que, ficou sabendo dias depois, era namorado de Sônia.

SANDRA MARIA HONORATO DA SILVA E SOUZA (ANNE MARIE KITTEL) é natural de São Paulo - SP, onde reside. Advogada, curadora, artista plástica, com alguns cursos de aprimoramento em pintura, desenho e design gráfico, sempre procurando novas técnicas e formas de expressão. Já foi membro da Comissão de Direito às Artes da OAB SP Subseção Jabaquara Saúde e Consultora de Arte na Comissão da Mulher Advogada da OAB SP (2017). Já participou como artista, de diversas exposições, estaduais, nacionais e internacionais, sempre levando temas contemporâneos, atuais e relevantes, acreditando que através da arte podemos oferecer motivos para reflexão, espaços para a imaginação criativa, e que, acima de tudo, através da arte podemos influir na realidade, propor mudanças, apontar, quem sabe, soluções.

Siga a autora no Instagram:

https://www.instagram.com/sandrahonors/

SONHO DE MEL

Vera de Angelis

Em cada bico da saia, uma pérola se encaixava para formar o favo de mel.

Infinitas pontas e infinitas pérolas. Muito trabalho. Noites de vigília bordando como se fosse a saia de uma princesa para valsar num salão nobre da dinastia.

Uma princesa sim, descalça, para desfilar na avenida e estrear a pele delicada dos seus pés adolescentes.

Muitas pessoas trabalhando nas fantasias. Bordado coletivo a diversas mãos. Como o trabalho conjunto das abelhas tecendo a colmeia para a rainha escolhida e o trabalho incessante de produzir o mel.

A saia de Letícia ficou pronta. Como a de uma boneca, só que com movimento para girar na avenida. O eixo, uma menina sonhadora: corpo frágil e muita esperança de brilhar ao som do samba escrito por seu avô.

Orgulho geral para a família, para a comunidade e para a arquibancada.

Uma homenagem à natureza pedindo proteção às abelhas, que correm risco de extinção.

Na ala de frente, uma flor gigantesca com a abelha-rainha, Letícia, sobre ela. Depois o voo da mascote até o chão, para o encontro com as outras abelhas, girando e abrindo o desfile da escola. As saias em forma de colmeia brilhando no conjunto infinito das pérolas.

Sonhou inúmeras vezes com a cena que jamais aconteceria.

Já se ouviam cantorias de Carnaval na comunidade, quando um tiro perdido varou a noite. A parede fina do quarto deixou a bala atravessar e ferir mortalmente a menina. O mel da sua boca jamais seria apreciado por alguém. A saia que jamais desfilaria, pendurada e abandonada na porta do guarda-roupa. Quase não cabia no pequeno quarto.

A flor sem abelha. O samba sem som na alegoria do luto.

Mesmo assim a escola decidiu entrar na avenida, em homenagem à menina sonhadora. Não ganhou destaque nem notas máximas. Somente aplausos de solidariedade e revolta.

As abelhas certamente serão salvas, menos a menina que se foi compondo uma estatística triste das vítimas de balas perdidas.

VERA DE ANGELIS Nascida em São Paulo Capital, em 1955. Bancária aposentada. Escreve contos desde os 16 anos. Já participou de duas edições da Revista Contos de Samsara. Publicou um livro de contos em 2006: "Pétalas Sutilezas da Vida".

Siga a autora no Instagram:
https://www.instagram.com/veraldeangelis/

INSUBORDINAÇÃO

Joseani Veira

Abriu os olhos. Já sabia o que lhe esperava. Devia limpar o ambiente, prepará-lo para a outra ocupante. Precisava caprichar na faxina, senão…

Eram muitas e se comunicavam. O assunto girava em torno do trabalho, da limpeza, da segurança, da produção. Muito gestual, era só decifrar.

Obedeciam e esperavam por uma troca de posição. Ser o que se esperava de cada uma facilitava a perpetuação da harmonia no reino.

Em breve seria cozinheira. Tarefa árdua de muita responsabilidade. Alimentar, cuidar e transformar. Saber exatamente a quantidade e o tipo de alimento de acordo com a demanda. Não se admitia erros! Poderia ser fatal.

Observava de longe as que cuidavam das doentes, das cansadas e das sem solução. Vez ou outra sumia uma. Soube horrorizada que ia para o sacrifício. Não era possível correr o risco de contaminação das demais. Era atirada ao léu, ainda viva, entregue à própria (má) sorte.

Lamentável. Mas, seguiam ordens. Questão de organização. Sempre foi assim e dava certo. Por que mudar? Sentiu-se grata por alimentar e não ter que decidir pela vida de ninguém.

Quantas bocas! Todos os dias a quantidade aumentava. De onde surgiam tantas? Seriam iguais a ela? Seguiriam o mesmo destino? Quem lhes ensinaria as tarefas? Nasciam sabendo, como ela?

Nunca recebiam visitas. As forasteiras eram reconhecidas pelas vigilantes e logo rechaçadas. Cheiravam mal. Almejou aquela função: representar o poder do não.

Dezoito dias de cozinheira e agora deveria limpar o lixo. Atividade nobre, vital! Evitava infecções.

Faxineira, cozinheira, lixeira. Só isso lhe cabia? Por que não era selecionada para a turma da defesa ou da engenharia? Sim! Por que não atuar na construção? Sabia que o tempo era curto, mas aprendia rápido e fazia tudo com muito capricho.

Ao invés disso, foi chamada para cuidar da entrada do reino. Ficou satisfeita, como segurança, podia enxergar a vida lá fora. Maravilhou-se! O mundo é lindo! A decepção foi descobrir que estava repleto de rotas traçadas com normas a seguir. Conformou-se. Liberdade controlada é melhor do que prisão.

Finalmente, chegou o tempo de sair. Recebeu com alegria aquela notícia. Deram-lhe as coordenadas e rígidas instruções. Alcançara o topo. Partiu.

Quando sentiu a liberdade, jogou fora todos os ensinamentos. Extrapolou as regras e os limites. Sua vontade era encabeçar uma revolução! Empoderar-se! Crescer! Promover mudanças! Ter visibilidade, produzir e servir de exemplo para outras. Gerar confiança, fazê-las ver que podiam sonhar!

Seguiu guiada pelo vento rumo ao pôr do sol. Com um cansaço divinal, assistiu à chegada dos tons aveludados noturnos seguidos do brilho frio da presença lunar. Nunca vira algo igual. Em êxtase e na certeza de ser a única do seu mundo a presenciar o cintilar das estrelas, começou a pensar na imobilidade que vivia.

Na real, se nada mudasse, iria servir até morrer. De um jeito diferente de cada vez, contudo, o nome era esse: servidão para manutenção da ordem.

Faria algo diferente. Achou graça, pois se deu conta que já estava fazendo.

Retornou na manhã seguinte, sem coleta. Falta grave: negligenciou o alimento de todas e não cumpriu sua missão.

Considerada infectada pelo vírus da insubordinação, proscrita pela lei milenar que rege a natureza das coisas, foi pega violentamente por suas irmãs. Quebraram-lhe a asa libertária sem piedade ou empatia. Pela paz no reino, lançaram-na mutilada, de volta por onde veio. Quicou quando bateu no chão.

Lamentou por si e por aquela sociedade totalmente racional e imóvel, formada por indivíduos obedientes às suas funções. Sem privilégios ou desigualdade. Cada uma desempenhando seu papel em prol da coletividade e da cooperação. Descobriu naquele instante que aquele modo de vida tinha um sentido e podia ser bom.

Já quase sem forças, olhou de soslaio para a colmeia. Morreu recebendo a última lição. Embora aquele reino fosse regrado e pautado na submissão, eram elas, tão pequeninas que tinham a vida do planeta nas mãos!

JOSEANI VIEIRA, Carioca de nascença, escolheu Roraima para viver. Participa de antologias com crônicas, contos, microcontos e poesias. Tem textos publicados nas revistas virtuais "Artes do Multiverso", "Contos de Samsara"" e ""A Desfrutada"". Venceu o 3o Campeonato de Microcontos da Editora 3 Serpentes em maio/2023. Participa do Coletivo Escreviventes e do Grupo "O Ato de Escrever". Ama divulgar a literatura. Publica sua arte no Instagram: @joseaniv.
"

Siga a autora no Instagram:
https://www.instagram.com/joseaniv/

A ABELHA MORTA

Ana Elisa Granziera

Desliza o corpo pela água sem pensar, absorvida pelo ritmo das braçadas na piscina. O som das mãos em concha, furando a superfície fluida, lembra corações de bebês. As bolhas que solta pelo nariz fazem cócegas incômodas em suas orelhas quando as atravessa. Nada há tanto tempo que já não sente o frio do ar lá fora ou da água aqui dentro. Nada há tanto tempo que não sente. Nada, há tanto tempo. Conta azulejos no fundo da piscina como quem conta dias iguais. Parede. Virada. Um mundo de ponta-cabeça em alta velocidade, impacto e impulso, como se mudar de direção não fosse levá-la ao lugar de origem. Um dois três dezessete trinta e dois cinquenta e oito, ai.

Ai? Uma dor aguda no antebraço a interrompe no meio da piscina. Flutua em pé, batendo os pés, sem pensar a respeito. Arranca os óculos apertados para o topo da cabeça de touca, a borracha descolando da pele em torno dos olhos como se lhe arrancassem a primeira camada. Pisca no sol, até enxergar a origem da dor. Enterrada na parte mais macia de seu antebraço jaz uma abelha. Inerte, já sem as asas arrancadas pela água em que morreu afogada, seus pelinhos amarelos como um bicho de pelúcia velho. O vento traz calafrios, e leva a carcaça sem ação, deixando espetado em seu braço um ferrão e uma massa marrom de entranhas arrancadas. A dor da ferroada de uma abelha morta. Fui picada por uma abelha morta. Havia uma abelha morta na piscina, e meu braço foi picado por ela. Meu braço foi em direção à abelha morta. Meu braço bateu na abelha morta. Meu braço acertou o ferrão. Eu bati meu braço no ferrão de uma abelha morta. Eu me machuquei.

Apoia os braços na raia vermelha e branca. As rebarbas do plástico flutuante incomodam a pele perto de suas axilas, quando encerra o movimento automático de espernear debaixo d'água. Admira aquele pedaço do que foi a parte de dentro de abelha, agora revelada. Abelhas evisceradas pela força com que pertencem à sua colmeia. Você saiu para cumprir seu papel, devoção visceral ao seu dever, e ninguém sabe que, ao cruzar essa piscina pela centésima vez, você morreu. Ninguém agradeceu por seus sacrifícios. Ninguém veio resgatar você quando você estava se afogando.

Nada, há tanto tempo, que não sente.

Segura na ponta dos dedos a origem da dor e puxa, devagar. O ferrão desliza para fora, deixando um vácuo pelo qual escorrem águas antigas, antes soterradas. Solta todo o ar dos pulmões num alívio abandonado. A pele em torno da ferida lateja vermelho, vai ficar tudo bem.

Solta a raia e deixa as pernas, sem resistência, subirem à superfície. Boia, sentindo o sol atravessar em feixes vermelhos suas pálpebras fechadas. A abelha morta.

ANA ELISA GRANZIERA, nascida em 1979, é escritora, ilustradora e aquarelista paulistana, residente no Canadá desde 2017. Autora de Brutta Figura (Chiado Books, 2021), Manual das Decepções de Uma Vida Comum (Mocho Edições, 2022) e Pandora Não Dormia (edição da autora, 2023), ilustra histórias infantis, capas de livros, e expõe suas aquarelas em Ottawa, onde vive com o marido e dois filhos, personagens de suas crônicas publicadas na newsletter Boletos & Borboletas.

Siga a autora no Instagram:
https://www.instagram.com/anaelisagg/

JANELA SECRETA

Vera Lúcia Parenza

Uma pequena janela em forma de arco é por onde saio duas ou três vezes por semana, em horários diferentes. Para não ser reconhecida e poder circular à vontade, me visto com trajes masculinos. É a única maneira de passar despercebida, pois não posso sair.

Gostaria de existir solitária e percorrer os quatro ventos do horizonte, mas tenho compromissos. Devo dar o exemplo, me comportar conforme é esperado para alguém como eu.

Todas no local onde moro são comprometidas com a manutenção e proteção dos que virão.

Apesar de que, às vezes, ouve-se falar sobre as que saem para trabalhar e não retornam para casa. Lançam-se em busca de outros destinos e formas de viver. Mas eu preciso voltar, fui criada para um objetivo coletivo.

Trago em mim a sabedoria ancestral, sei que a extinção de minha espécie afetaria a vida de todos os seres vivos.

Fui escolhida para ser a sucessora, o que é um privilégio. Estou em vantagem em relação às outras, só me alimento de geleia real. Viverei mais tempo, além de ser protegida pelas operárias.

Por isso, executo resignada minha árdua tarefa de reprodução, e sou feliz nesses poucos momentos quando voo clandestinamente, disfarçada de zangão.

Pertenço à vida livre, assim como o aroma à flor. Deixo o vento delinear minha sina.

Pela mão de uma amiga operária atenta com quem conto e que se arrisca por mim, saio e volto sem ser vista ao meu escuro recanto, enquanto as outras estão concentradas em suas tarefas alquimistas.

É por meio de uma pequena janela em forma de arco em um canto inferior, atrás da colmeia, que consigo escapar sorrateira, contemplo outras paisagens e fragrâncias e me delicio com o sol e a chuva.

Através dessa janela acesso um mundo que jamais desvendaria como a abelha-rainha que sou.

VERA LÚCIA PARENZA nasceu em 1964 em Porto Alegre/RS, onde reside, próximo ao lago Guaíba. Trabalha com teatro desde 1990. Integra a Oigalê Cooperativa de Artistas Teatrais, da qual foi uma das fundadoras em 1999. Formada em Psicologia e Artes Cênicas. De poucas palavras. Integra o Coletivo Escreviventes de escritoras.

Siga a autora no Instagram:
https://instagram.com/vera.lucia.parenza/

A ALMA DE UMA COLMEIA

A. J. dos Santos

Estamos no ano de 2074, é outono, e a Colmeia não para em momento algum.

A movimentação é intensa, as operárias trabalham em um ritmo acelerado para que tudo fique pronto antes da chegada do tenebroso inverno.

Uma reunião de emergência é feita no centro da Colmeia pela Rainha a suas operárias:

— O dia não está propício para vagar longe da Colmeia, visto que a mudança repentina de tempo provoca tempestade a qualquer momento, e, apesar da morada habitual e do avanço tecnológico, ainda há dificuldades na produção de alimentos.

As operárias ouvem atentamente o pronunciamento da Rainha que continua o discurso:

— Nas Colmeias, o sistema de mandá-la implantando pelas operárias está trazendo um avanço significativo na alimentação, mas muitas coisas ainda deverão ser aprendidas, além da cera e do mel.

— As Colmeias devem ter suas estruturas mais reforçadas, que resistam a ações do tempo, para o enxame viver com tranquilidade e não na inquietude de plantões e medo a cada catástrofe da natureza.

As operárias vibram com a fala da Rainha, que prossegue com seu discurso efusivo:

— As Colmeias devem ser criadas em campos abertos e não apenas em lugares restritos como encostas protegidas da natureza, afinal de contas, evoluímos.

— A atmosfera na Colmeia deve ser de paz, num regime democrático, onde haja uma sociedade igualitária para todos os independentes da "espécie".

Então as operárias gritam em plena felicidade, estavam sendo reconhecidas, e a Rainha prossegue na parte final de seu discurso:

— Feito as abelhas no passado, a Colmeia deve gerar frutos, gerar alimentos, com suas operárias em seus favos de mel, de estruturas hexagonais. Para podermos ter chance de sobrevivência.

— E que nossa vida aqui em Marte seja um novo passo para a vida do ser humano, uma fonte de inspiração, de luta, de conquistas para as próximas gerações.

— Aprendemos muito com as abelhas na Terra, agora é a hora de fazer um futuro em Marte.

A. J. DOS SANTOS (Heterônimo) Nascido em Itapecerica, Minas Gerais, em 28/05/1972, é aposentado, escreve contos. Autor do "Livro Mistérios da Constelação de Ophiuchus – Planeta Atlantis" (UICLAP).

Siga o autor no Instagram:
https://www.instagram.com/escritorwagnerplanas/
https://www.instagram.com/planaswagner/

DESCENDENTES DE LUZIA

Cacá Silveira

Luzia e Joaquim, nascidos nos Açores, em Portugal, imigraram para o Brasil no final do século XIX, sob a promessa de uma vida próspera, trazendo na bagagem seus poucos pertences e muita esperança. Nos braços do casal, vieram as três filhas: Maria Imaculada, Maria de Fátima e Maria de Lourdes. No ventre da mulher, veio a expectativa de, quem sabe, o primeiro menino da família nascer em terras brasileiras.

Após longa e penosa viagem, se instalaram nas Minas Gerais. Joaquim, entretanto, contraiu moléstia grave no navio e, sem santo ou erva eficaz que o acudisse, faleceu nos primeiros dias de vida no novo país. Luzia acabou-se em lágrimas e depois pariu mais uma menina, Maria das Dores.

A vida seguiu seu curso, e as cinco mulheres trilharam seus caminhos como foi possível. Na casa de Luzia tudo precisava funcionar na mais perfeita ordem, um lugar de muito trabalho e oração. Pairava ali o fardo da ausência de um patriarca, mas, com labuta e reza, o fardo ia sendo transportado por todas elas pela estrada do viver.

Maria Imaculada casou-se com um homem forte, trabalhador e viril. Tiveram três filhas. Imaculada não queria viver as dores de sua mãe por não ter um homem em casa. Quis ter um esposo, um legítimo provedor do lar. Seu marido trabalhava muito e, à noite, distraía-se nos botecos e no puteiro da cidade.

Algumas vezes, Imaculada quase ousava pensar que criava suas filhas sozinha, como fez sua mãe, mas depois lembrava que tinha um marido.

Maria de Fátima e Maria de Lourdes não se casaram, achavam mesmo que não precisavam de homem na vida, afinal viveram desde sempre entre mulheres, sempre dando conta de tudo. Não se casaram, ou melhor, casaram entre si, vivendo juntas até que a morte as separou. Um casamento de irmãs, com todos os ônus e bônus de uma relação matrimonial. Com exceção do afeto sexual, todos os outros amores, dores, parcerias e desentendimentos estavam presentes na vida daquele par.

Maria das Dores casou-se, tinha um marido exemplar. Tiveram uma filha. Pouco tempo depois, o esposo foi acometido por uma doença terminal e foi levado desta vida, deixando Das Dores repetir a sina de sua mãe e viver a dor que lhe parecia estar destinada desde que o padre a batizou com um nome digno de calvário.

A despeito de tudo, o mundo continuava a girar, e as mulheres continuavam a gerar. Gerações e gerações de histórias femininas.

Uma das netas de Luzia, no auge da sua juventude, apaixonou-se por um rapaz. Parecia um amor correspondido, até vir a gravidez. Nasceu uma menina e sucedeu o abandono. O moço foi embora, deixando, mais uma vez, a família composta somente por elas.

Aconteceu também de uma bisneta nunca ter se sentido atraída por homens. Gostava mesmo de ficar entre mulheres, de se relacionar com mulheres, de amar mulheres. Nem a função reprodutiva masculina lhe interessava, não tinha qualquer pretensão de deixar descendência nesse mundo. Apropriou-se da sua história familiar como forma de afirmar a autossuficiência feminina.

Já a trineta procurava obstinadamente um moço bom para se casar, um companheiro de vida, coisa que nunca tinha visto ou ouvido na sua família. Tinha altas exigências e grandes expectativas para uma vida conjugal. As parentes a alertavam: "quem muito escolhe nada tem". Ela discordava do ditado, pois teve muitas coisas que a vida de solteira lhe propiciou. Mas, fato é, que marido mesmo não teve.

Ninguém podia fugir da realidade matriarcal fundadora daquela linhagem e perpetuada a cada nova geração. Acontecia que todas as mulheres da família davam à luz a meninas, e os homens ali nunca ficavam.

Com o passar dos anos, instalou-se a crença de que os homens naquela família só desempenhavam função reprodutiva. Funcionava como uma colmeia, uma estrutura essencialmente matriarcal, com organização apurada e uma dinâmica doméstica conduzida por mulheres-abelhas-rainhas. O macho zangado não ficava, ora não suportava ficar, ora não conseguia ficar, ora não se permitia ficar, ora não tinha permissão para ficar. De formas diferentes e por razões diversas, o homem acabava por ir embora.

Dada a circunstância, cada mulher processava de uma forma na sua existência. Algumas orgulhavam-se da ancestralidade feminina, outras revoltavam-se com o abandono masculino; umas aprisionavam-se às negligências, outras se libertavam através de toda sua potência.

Na quinta geração da descendência de Luzia, lá por meados do século XXI, nasceu mais uma menina. Esta parecia ter vindo ao mundo carregada de toda a força de sua ancestralidade e, ao mesmo tempo, despojada de qualquer amargura das ausências dos seus antepassados. Sabia de onde viera, mas não sabia aonde queria chegar. Trilhou seus caminhos levando as marcas da sua história, mas sem deixar o passado ser uma amarra impeditiva das rupturas necessárias. Amou e foi amada por homens dos mais diversos tipos. Sabia ficar e sabia ir embora. Um dos seus amores foi um homem com gostos bastante opostos aos seus, tinham interesses distintos, posicionamentos diferentes e personalidades discordantes. Ficaram juntos não porque os opostos se atraem, mas porque os dispostos se atraem. E estavam dispostos. Estavam dispostos a compartilharem a vida, a serem parceiros, a conviverem, a formarem uma família. Estavam unidos na sua essência pelo amor, pelo respeito e por valores que os aproximavam enquanto seres humanos. Foi através desse amor, que talvez duraria para sempre, ou talvez não; através desse amor, vivido em uma época em que a existência de Luzia já quase não era lembrada; através desse amor que a linhagem prosseguiu em forma de rompimento. A tetraneta de Luzia deu à luz um menino! E o menino virou homem. O primeiro homem da descendência de Luzia. E este homem ficou.

CACÁ SILVEIRA é mulher, mãe de duas, mineira de Carmópolis de Minas, historiadora de formação e escritora por paixão. Integra o Coletivo Escreviventes e o Coletivo Margem. É autora de poemas e contos publicados em revistas literárias e no perfil @umamarianapoesia.

Siga a autora no Instagram:
https://instagram.com/umamarianapoesia?igshid=MzNlNGNk ZWQ4Mg==/

A VIDA É UMA COLMEIA

Leide Freitas

Chove lá fora. A chuva é fina, delicada, talvez uma chuva ainda menina que vem devagarinho com preguiça de chegar. Os pingos suaves no telhado cantam e me avisam que é quase hora de levantar. A suave claridade do amanhecer penetra pelas venezianas abertas invadindo o pequeno quarto e me chamando para mais um dia. O dia vem chegando como uma moça bonita que espera ser convidada a participar de sua vida, não tem como mandá-la embora, veio para ficar. Entre quatro paredes sinto frio nos pés, pernas e braços, sinto um incrível desejo de permanecer na cama quente e confortável, mas, sei que devo reagir. É preciso sacudir o frio dos ossos, levantar, fazer o café da manhã e finalmente sair para trabalhar.

O trabalho me espera em algum lugar e como uma operária dessa grande colmeia que é a vida, preciso trabalhar. O trabalho parece ser universal e o sentido maior da vida de todos os viventes. Grande parte dos seres humanos precisa trabalhar em alguma coisa e para isso há uma gama de profissões para os mais diversos gostos e sensibilidades. A colmeia precisa de uma rotina cotidiana, precisa de operários para existir e resistir. Sem trabalho não é possível garantir o pão na mesa, o pagamento do aluguel da casa, da internet, energia, água, gás de cozinha, entre tantas outras necessidades, as que precisamos e aquelas que inventamos por luxo ou para simplesmente aparecer na sociedade.

A sociedade é um monstro insaciável que nos engole diariamente, exigindo que sejamos o que ela espera de nós. O ser humano é escravo de si mesmo. Somos fracos e diante das exigências sociais, capitulamos. Queremos o carro do ano, a casa mais bonita da rua, o apartamento à beira-mar. Queremos sempre mais do que o salário, fruto do nosso trabalho, pode pagar. Queremos roupas de marcas caras, bolsas, sapatos e sandálias de diversos modelos e cores, que nem sempre usamos. Quem não tem, em seu guarda-roupa, uma sandália ou bolsa que nunca usou? E como fica nosso cartão de crédito? Atire a primeira pedra quem nunca estourou o cartão comprando algo de que realmente não precisava.

Sou tão humana, tão sensível, tão semelhante aos demais, penso. Toda essa reflexão inesperada acontece enquanto preparo meu café matinal. Tenho tantas coisas para resolver na minha vida privada. Cada pessoa vive a sua própria comédia ou tragédia ou, na melhor das hipóteses, traça uma solução para os problemas que lhe afligem. Sou dessas últimas. De vez em quando, reflito sobre como se desenvolve a colmeia humana e como cada pessoa lida com suas próprias demandas. Sacudo a cabeça e tento pensar em coisas mais imediatas, tipo, como será o meu dia.

Cada dia é único, por mais que não tenha grandes novidades ou acontecimentos efusivos no decorrer das horas. Cada dia é diferente, tem seu bônus e seu ônus. Há dias que parecem passar rápido como se tivessem pressa, encontro marcado em algum lugar, e outros que passam mais lentos, apreciando a vista, os lugares, as pessoas, chegando lentos até ao anoitecer. Quando o dia cansado da sua rotina se recolhe ao seu leito, a noite vem dar as boas-vindas. Sou uma apreciadora da noite.

A noite é a minha deusa. É o meu espaço. É o meu regaço. É onde posso repousar o meu cansaço das horas fatigantes do meu trabalho, coisas e fatos. Sou como os gatos. A noite é meu conforto. É a minha segunda pele. É a melhor parte do meu dia. É quando rolam as minhas fantasias. A noite escura e silenciosa é feita para mim, para combinar com meu espírito que suspira por um pouco de paz.

Somente o silêncio noturno me acalma e aproveito para produzir um conto, um poema ou simplesmente relaxar. É à noite que eu me encontro, me reencontro e sou feliz.

LEIDE FREITAS Cearense de Capistrano-Ce. Filha de Ezequiel Lima Freitas e Francisca Rodrigues de Freitas. Formada em Pedagogia-Universidade Federal do Ceará. Especializada em Gestão Escolar, Psicopedagogia e Educação Especial e Inclusiva. Participa dos coletivos Escreviventes, Poexistência e Mulherio das Letras do Ceará. Obras: *Reflexões íntimas* (Editora Caravana), *A casa da colina e o mistério dos jovens desaparecidos* (Disponível Amazon), *Em tempos de pandemia* (Disponível Amazon). Participa da Revista Digital Contos de Samsara.

Siga a autora no Instagram:
https://www.instagram.com/leidefreitas.luz/

MARIA

Laura Vasques de Sousa

Nasci mulher. Nesse mesmo instante, tornei-me Maria. Filha, neta, irmã, sobrinha, futura tia, cunhada, nora e mãe de Marias. Cada uma, Maria Qualquer Coisa diferente das restantes, mas todas igualmente Maria. Batizaram-me Maria da Anunciação, homenagem ausente de humildade por parte da minha madrinha, com o mesmo nome. Sendo filha da Maria da Conceição e neta da Maria da Ressurreição, fui apelidada de Sãozinha, filha da São e neta da Dona São, categorias hierárquicas que fui escalando ao longo dos anos, à medida que as anciãs findavam a sua vida terrena.

Enquanto criança, era dona de uma alegria sem limites e oferecia sorrisos rasgados sem pedir nada em troca. O mundo e a vida, que aos meus olhos eram amplos e infinitos, repletos de sonhos, começavam, sem eu dar conta disso, a ser polidos pela São, minha mãe, sob os comandos da Dona São, sua mãe. Eram constantes as recomendações para não correr nem sujar o vestido, para não rir nem falar alto na presença de adultos. Fui treinada para inclinar a cabeça para o lado e juntar as palmas das mãos junto ao queixo cada vez que estava na presença do Senhor Padre. As Marias da família alimentavam-se da esperança de eu vir a ser escolhida para encarnar a figura da Virgem Maria numa das procissões da aldeia. Eu fazia-o na perfeição, deixando todas as Marias de carne e osso embevecidas e assaltadas por lágrimas devotas nos cantos dos olhos. Em particular a São, minha mãe, que com o passar dos anos, foi obrigada a substituir o orgulho pela frustração, à medida que os meus traços infantis se iam esbatendo e, com eles, a possibilidade de ser escolhida para tão nobre e casto papel.

Os anos voaram e eu, ainda Sãozinha, deixara de ser criança. Os seios faziam volume por dentro do vestido e as ancas rebolavam a cada passada, enaltecendo a cintura que se estreitara e as pernas que se haviam alongado. Já não me eram permitidas brincadeiras fora de casa nem permanecer na companhia de um homem na ausência de uma Maria mais velha. Até o José, o Alberto e o Joaquim, antes companheiros de corridas e jogos, eram agora rapazes com sinais de puberdade instalada, potenciais vítimas das suas próprias hormonas, tal como os pais e os tios. Os deles e os meus. E eu, culpada das minhas novas formas, do meu novo cheiro, da minha existência, era castigada por isso. À medida que a minha vida queria florescer, o meu mundo ganhava paredes retas e cantos inóspitos, talhados pela São, mãe castradora, outrora também ela castrada. Estávamos cada vez mais parecidas uma com a outra, diziam-me, num tom que me parecia cada vez mais premonitório do que elogioso, quando tudo o que eu menos queria era uma vida estanque e rígida como a dela. Revoltada, gritava, chorava. Mas quanto mais resistia, mais apertados e altos se tornavam os muros que se erguiam à minha volta.

Estava já casada e gestante do meu primeiro rebento quando se findou a Dona São, dando lugar à coroação da minha mãe e à minha promoção de Sãozinha para São. A vida derrotara-me e espelhava o que sempre repudiei. Tornei-me numa São igual à São, minha mãe. Tudo moldado à esquadria, qual favo de uma enorme colmeia, igual a todos os favos que me rodeavam, justapostos uns com os outros, sem margem para desvios ou moldes de vida diferentes dos demais. Eu servia o José, macho viril escolhido para meu esposo pelo Manuel, meu pai, sob orientação da São, sua esposa, minha mãe. Comida, cama e roupa lavada, nas horas estipuladas e nas horas extras, quando solicitadas. Sem lamentos, sem afetos, sem despeito, sem falhas, sem mais nada. Tinha tudo para ser infeliz, mas até isso era um luxo que as muralhas hexagonais da minha existência não permitiam.

Meses depois, nasceu-me a primeira filha, que nesse mesmo instante se tornou Maria. Maria da Conceição, exigiu a Dona São, minha mãe, em sua própria homenagem. Maria da Conceição ficou, pois não era meu direito ter opinião sobre o nome de filha alguma. Cabia-me a tarefa de esculpir-lhe as linhas retas da vida antes que as curvas das ancas se instalassem. Cabia-me a missão de moldar uma Maria de arestas perfeitas. Uma Maria como todas as outras.

LAURA VASQUES DE SOUSA, nascida em Lisboa, no ano de 1978. Licenciada em Biologia Aplicada aos Recursos Animais (FCUL) e em Cardiopneumologia (ESTeSL), profissão que exerce. Desde sempre rodeada de livros, leituras e escritas, foi apenas depois dos 40 anos que teve a lucidez de lhes fazer a vontade. Autora do blog "Espólio" (lauravasquessousa.blogs.sapo.pt). Tem contos publicados em revistas e plataformas digitais. Em 2023, venceu o 12º Concurso Literário da Academia Madureirense de Letras com o conto "Vácuo" e ficou em 3º lugar no XXVIII Prémio Literário Hernâni Cidade com o conto "Os Pardais".

Siga a autora no Instagram:
https://instagram.com/lauravasquessousa

MISS PENITENCIÁRIA

Mariana Carvalho

Na ala exclusiva para grávidas e pré-paridas, Jéssica sabia que daqui a uma semana Mel seria arrancada do seu colo. A menina já não queria mais o peito; ela assassinou a amante do marido. Seriam separadas em breve, Mel ficaria com a avó, Jéssica continuaria cumprindo sua pena.

Entrou na Colmeia com um barrigão. Árvores, muitas árvores pelo caminho torto feito pela van da polícia lotada de mulheres. Leu uma placa azul e branca na entrada: "Penitenciária Feminina do Distrito Federal"; não parecia presídio não, parecia chácara. Vestiu um uniforme rosa e azul e foi levada aos beliches das gestantes. Doze camas duplas forradas com lençóis ralos, cobertor felpudo de um marrom sujo e travesseiros muito altos para o pescoço de Jéssica, que preferiu dormir sem eles a partir da segunda noite.

A enfermeira apalpava a barriga buchuda toda semana, escutava o coração do bebê, pedia para Jéssica se alimentar bem, tomar sol e fazer caminhadas. A presa olhava para o teto, depois para o chão, mas no fundo ouvia e cumpria todas as recomendações. Até complemento alimentar com consistência de mingau vencido ela tomava.

A avó de Mel, semana sim, semana não, passava pela revista para ver a filha. Dona Júlia agachava com as pernas abertas, sem calcinha, em frente a duas carcereiras. Mexiam no seu cabelo, passavam a mão por todo o corpo, mandavam abrir a boca e levantar a língua; depois a liberavam. Trazia o jumbo com biscoito de chocolate recheado no tupperware transparente, pirulitos, cigarros-moeda, sabonete phebo e desodorante. Dava um abraço, contava da novela, da vizinha que ainda não tinha voltado a falar com ela depois do ocorrido, do irmão que não queria fazer visita, se calava.

Jéssica não perguntava, mas queria perguntar. Silêncio, um pouquinho de choro, carinho no rosto encovado da mãe. Única pessoa e o vazio era grande, era muito. A avó de Mel beijava a barriga-melancia da filha, falava com a neta e ia embora. A presa guardava os presentes, pagava a sua dívida em cigarro, ouvia os gemidos que vinham do ratão, voltava para a cela cabisbaixa e com raiva.

Mel nasceu e Jéssica mudou para um beliche de cima, agora não tinha mais o barrigão para levar pela escada. Ela subia e a colega segurava a neném e entregava já no alto. A menina tinha puxado o pai, aquele canalha, e agora Jéssica, que já não parava de pensar nele, via a filha e tinha vontade de sacudir, de berrar no ouvido dela, de pedir satisfações.

Peito cheio de leite, colchão encharcado, cheiro de azedo. A enfermeira recomendou colocar uma fralda no sutiã. Não adiantava. O choro de Mel queimava os tímpanos da mãe, parecia que a menina adivinhava o futuro mal traçado que a esperava. O tempo inteiro no colo, o tem-po-in-tei-ro grudadas, mãe e filha.

Seis meses se passaram, e Mel foi embora com a avó. Jéssica não derramou uma lágrima, entregou o pacote nos braços estendidos de Dona Júlia, que não disfarçava a felicidade de tirar a neta daquele lugar, mesmo que nele houvesse a garantia de que ela estava sendo tratada bem, tendo contato com outras crianças e perto da sua mãe. Avós podem ser egoístas dentro da sua própria generosidade. Beijou o rosto inteirinho da neta e se esqueceu de se despedir de Jéssica.

O grupo de leitura da prisão recebeu Jéssica no encontro de abril. O livro era ruim, falava de uma mulher que sequestrou a filha de uma madame, mas a conversa se desenrolava, passava da leitura para a vida delas mesmas ali, sentadas em roda, uma carcereira mediava as discussões, outra tocava violão no início e no final do encontro. Um canto desafinado começou tímido, no final Jéssica já estava cantando, batendo palma, sendo um pouquinho feliz.

E veio maio, junho, julho. Ela lia muitos livros, tomava sol, jogava queimada com as outras presas, trançava os cabelos das companheiras, arranjou uma namorada, aprendeu a fazer tricô. Se inscreveu no concurso Miss Penitenciária Distrito Federal 2007. A seleção foi dura, critérios de bom comportamento, testes de conhecimento e beleza. Uma agência de modelos escolheu as finalistas. Noventa e seis detentas se inscreveram, doze foram para a final. No dia do desfile, cabeleireiros, maquiadores e manicures de um salão da cidade prepararam as meninas.

Jéssica se olhava no espelho enquanto escovavam o seu cabelo quase preto. Os olhos de azeviche com pálpebras em tons de dourado e marrom. Uma vontade de chorar vinha lá do fundo, uma alegria também. Lhe deram um vestido vermelho e preto para o desfile em traje de gala. Descobriu ser bonita.

Com a faixa de terceiro lugar no ombro esquerdo, Jéssica pediu uma ligação para Dona Júlia. Mãe, fiquei em terceiro lugar! Ganhei trezentos reais, olha... Faixa e coroa, tudo que eu tenho direito. Você precisa ver. Tudo que é gente daqui de dentro aplaudindo. Teve menina que disse que foi injustiça; que eu devia ter ficado em primeiro. Vou mandar uma foto. Tá me ouvindo? Queria uma coisa. Não traz mais a Mel para me ver aqui na Colmeia não.

MARIANA CARVALHO nasceu no mar e por lá ficou durante a infância e adolescência. As suas memórias são doces e salgadas, balançam com as ondas e machucam como pinaúnas. Quando adulta, migrou para Brasília e há mais de 20 anos trabalha com políticas públicas com impacto na sociedade. A sua escrita também tem agora as cores dos ipês, a seca do cerrado, o perigo do lobo-guará. Publicou contos na Revista Traços, na Revista Seca e na coletânea de contos da Off-Flip 2022. Coescreveu o livro "Retratofalado - Ensaios em Estado de Imagem", lançado em 2019 e apresentado ao público na Feira Literária de Perinópolis (Flipiri).

Siga a autora no Instagram:
https://www.instagram.com/marianacarvalhoescritora/

MICHELE FERNANDES é escritora gaúcha, autora de "Conta Comigo! Três Vezes Mulher" (Voz de Mulher) e de "Eu prefiro o meu próprio crime" (Arpillera). Como mulher autista, em 2024, lançará um romance que fala desse tema: "Tempestade em Céu Azul", obra selecionada no Prêmio Carolina Maria de Jesus. Revisora, leitora crítica e coordenadora do Coletivo Escreviventes, faz da literatura a sua vida.

Siga a autora no Instagram:
IG: https://www.instagram.com/michelefernandes.escritora/

OBRIGADA POR LER ESTE LIVRO ATÉ O FINAL!

Agora que você já tem uma pequena amostra do trabalho desses escritores incríveis, que tal contribuir com a literatura nacional?

Como?

Acompanhando os autores nas redes sociais;

Adquirindo seus livros;

Compartilhando esta revista com outros leitores.

www.ingramcontent.com/pod-product-compliance
Lightning Source LLC
LaVergne TN
LVHW051527170726
843492LV00006B/1656